U0493525

无与伦比的美好

FLORET
READING
▼

文 / 耘游

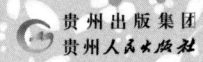

小花阅读【小柠檬】系列 01
WUYULUNBIDEMEIHAO

贵州出版集团
贵州人民出版社

▶

夕阳拂过野花,微风拂过金黄
你的发梢拂过脸颊,你眼神里的我爱你
我用晴天回赠你

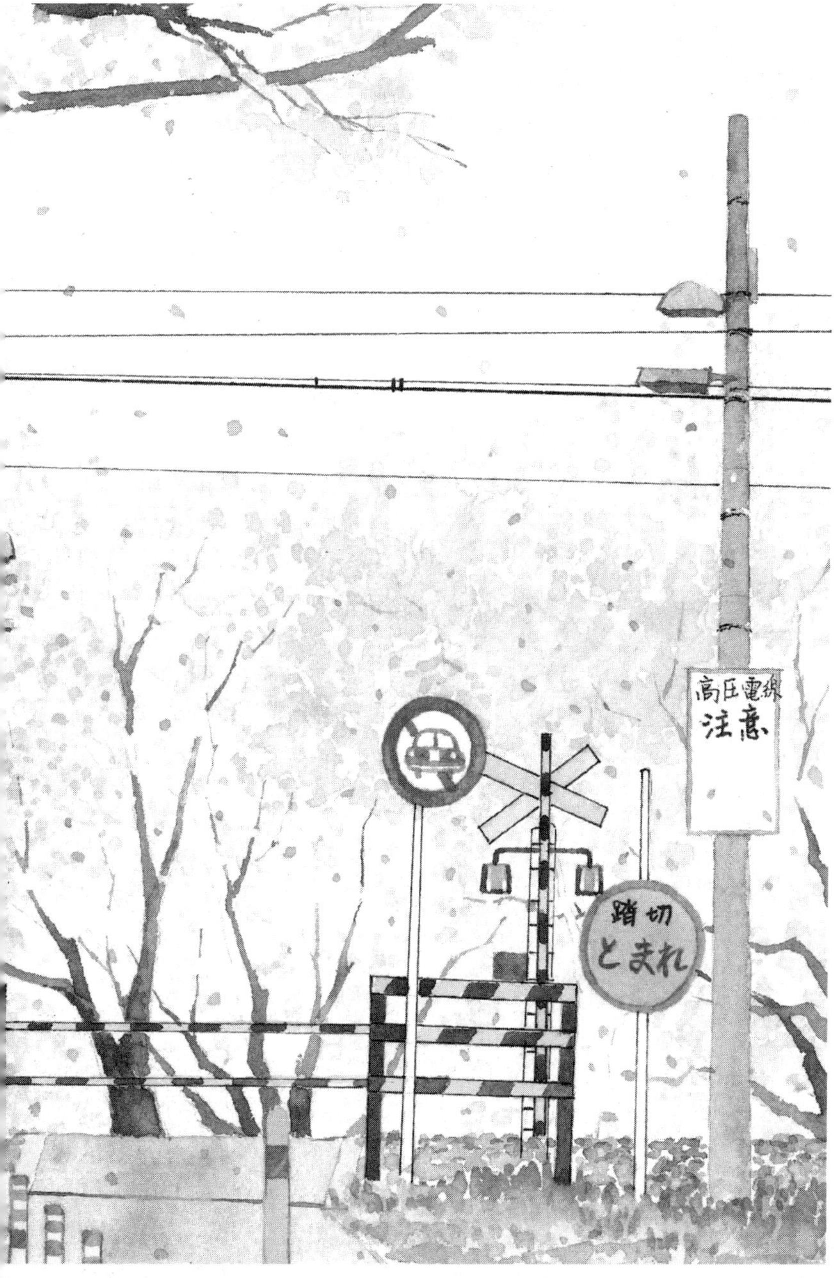
高压電線
注意
踏切
とまれ

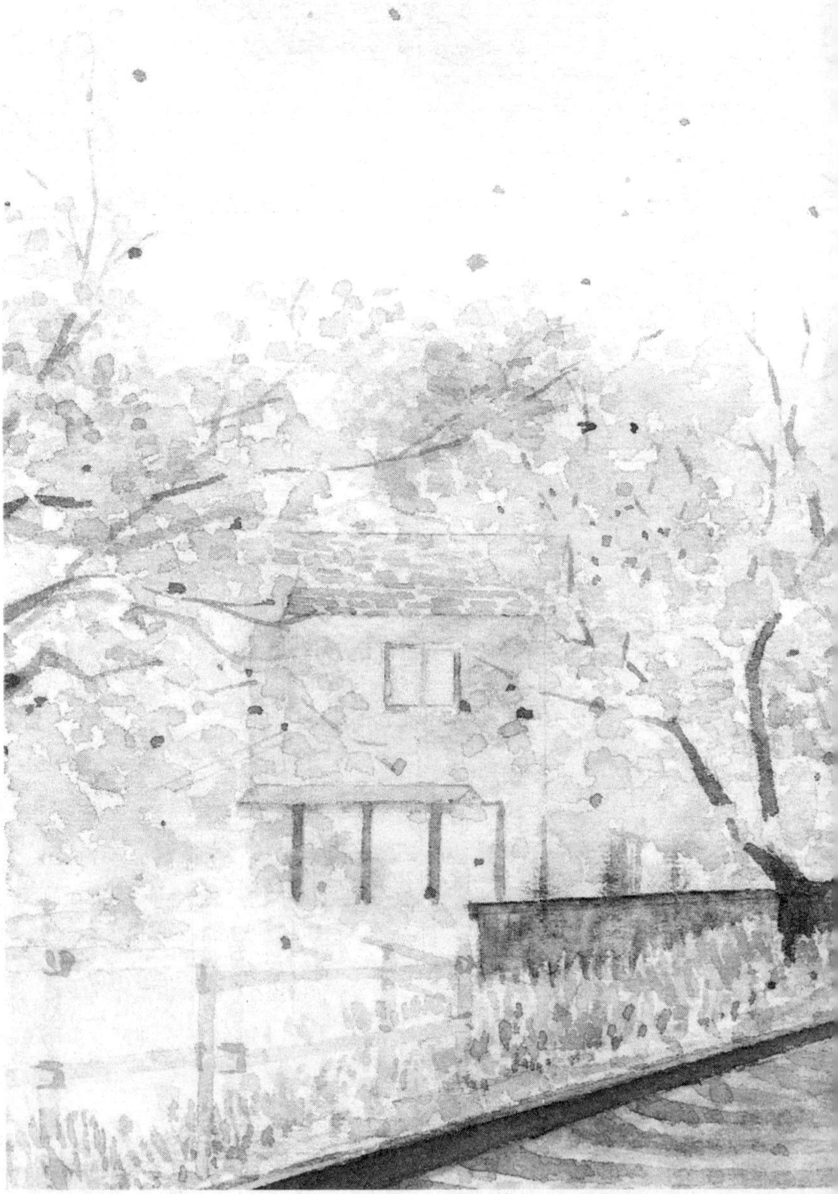

风再次将他身上的香气吹拂到她的脸上
清苦的柠檬,清凉的薄荷,持久的木香,
以及,恋爱的香气?

耘游 | 小花阅读签约作者

巨蟹座，O 型，男生。
对写作有着自己也不能理解的固执，对于推理以及科幻由衷热爱。
不知道该怎么介绍自己，就借用一句影视对话吧——嗯！我还不错哦。

我是耘游，一枚沉迷学习无法自拔的男子。

作者前言｜阴天快乐

最近长沙总是阴雨连绵，我的心情也有些跌宕起伏。

我在想，好像阴雨天的时候，人确实容易陷入一种低迷的状态。

前阵子我回了趟学校，刚好碰上了大雨，我撑着伞匆匆赶回寝室。

路上，我看到了一群留学生，他们将伞扔在地上，在雨中尽情地奔跑，嬉戏打闹。

仿佛这雨是来自乌云的一次馈赠。

当时我心里想的是，这群人怕是从撒哈拉沙漠过来的留学生吧，估计没见过什么大雨。

后来我又仔细想了想，觉得人的心情确乎是跟季节无关，也跟天气无关。

整天乐呵呵的人不会因为秋天一来，雨一下就瞬间哭出声，而郁郁寡欢的人也不会因为春天一到，花一盛开就笑得一蹦三尺高。

快乐和不快乐，其实是可以选择的。

阴天我们同样可以跟爱的人相见，可以跟朋友去逛街，可以回家看望父母，这不是挺好的吗？

你看，阴天也可以很快乐啊。

虽然城市里到处都蒙上了一层名为"阴天"的滤镜，天是灰的，草木也是阴暗的，但是街上的行人仍穿着色彩斑斓的衣服，行色匆匆地在人海穿行。

他们的脸上，不是同样挂着单纯幸福的笑容吗？

有这样一座城市，叫禹城。

乍一听，好像雨城。

故事发生在九月，也恰好是秋雨连绵的季节，秋天仿佛总会发生很多的事情。

禹城的人们，不断地相遇，不断地离别。

我把洞察和隐忍给了林佐佐。

她受过伤，领悟得也比别人更深。

我把勇敢和豁达给了林悠悠。

她敢爱敢恨，活得潇洒，从不给自己留下遗憾。

这两姐妹，就像是许多人身体里的两个灵魂，时而"放荡不羁"，时而"呆若木鸡"。

我们有时候想要回到集体生活的气氛，大声唱歌，大口吃肉，热闹而欢快；有时候也需要独处的时光，用来跟自己对话，用来享受沉默，或者用来痛痛快快地哭一场。

哭完之后，又以微笑面对这座温暖的城市，面对这座城市里，同样温暖的人。

然后对着秋天说一声，嘿，阴天快乐。

听起来，这样的生活还真是幸福呢。

可是，为什么写到这里，我的鼻子会感到一阵酸涩，大概，是这深夜的泡面里放了酸菜的缘故吧。

耘游

目　录
CONTENTS

001　第一章 相逢
/ 少年，你摊上大事儿了！/

020　第二章 假装
/ 连海风都带着一股苦味。/

040　第三章 决斗
/ 她所有的骄傲和自信，又一次被那个人击溃了。/

068　第四章 伤疤
/ 战斗可比哭泣有趣多了。/

097　第五章 千帆
/ TO：狗男女的票 /

118　第六章 相忘
/ 世间安得双全法，不负女友不负妈。/

142　第七章 秘密
/ 爱一个姑娘，总要为她打一场架。/

目 录
CONTENTS

163　第八章 治愈
/ 咏春与跆拳道的终极对决。/

184　第九章 七年
/ 不愿遗忘，也不敢想起。/

206　第十章 天生一对
/ 她还没有准备好，但我可以等，用我的一生去等。/

227　第十一章 远方的风
/ 因为我相信你，所以我觉得，我等得起。/

250　第十二章 乔巴乔巴
/ 我走过你来时的路，怀揣一颗爱你的心。/

260　番外一
/ 最温暖的节目 /

269　番外二
/ 造人计划 /

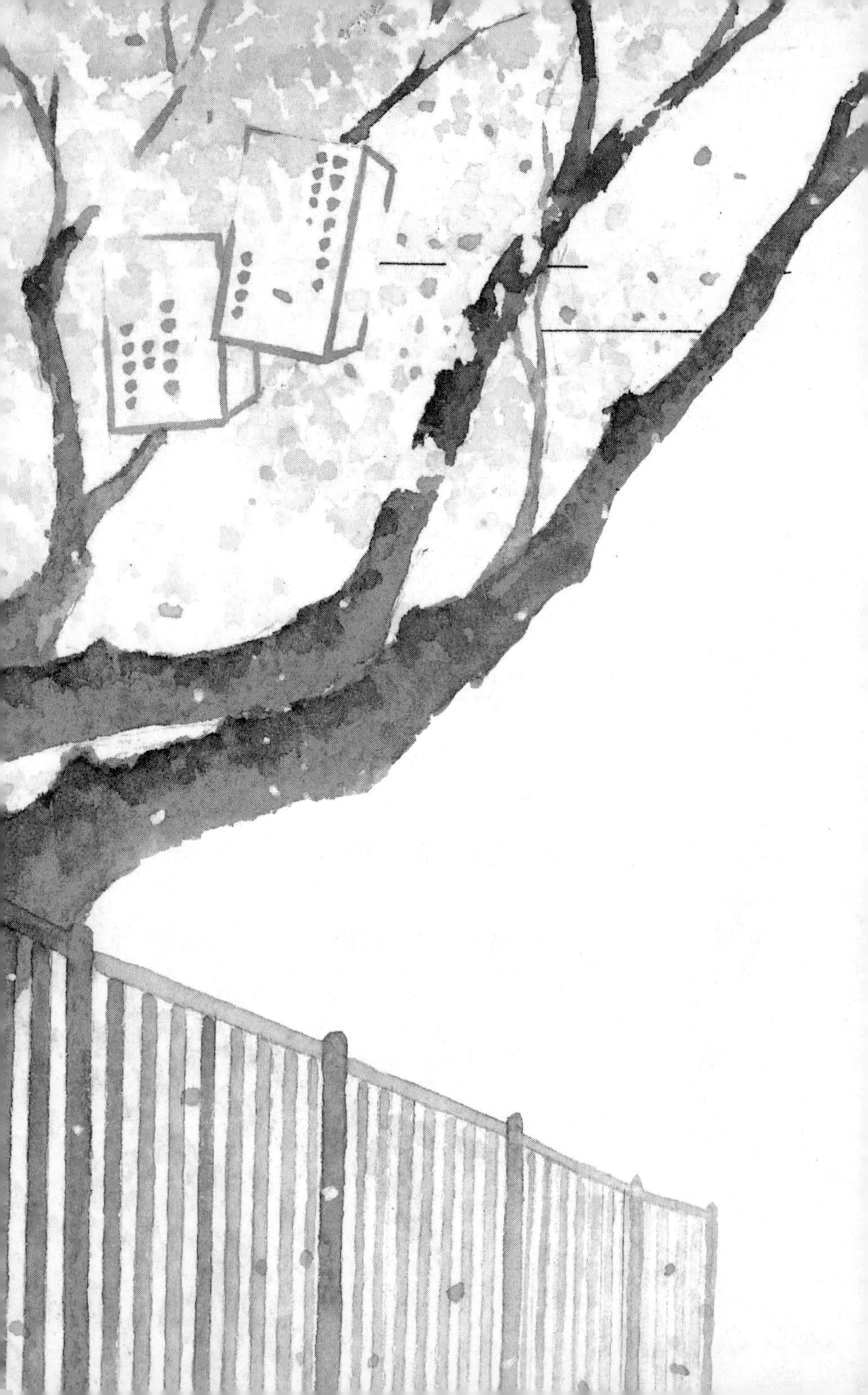

第一章 相逢
少年，你摊上大事儿了！

秋天向来带着一种杞人忧天的气息，灰头土脸的天空，打着旋儿的落叶，时有时无的北风……一切都显得有点儿神经质。

可是有一群人却在此刻带着满心的欢喜。

他们的眼神迷茫又坚定，他们背着整座城市，提着整间超市，脚步却极其轻快，一路上喧闹不停。

这么一群既跟环境格格不入，又自相矛盾的个体，社会上将其统称为：大学生。

在这开学大军里有两个身影格外显眼。

数以万计的学生堆里，学霸算不上稀奇，倘若在这前面加上"高颜值"三个字，那瞬间就变成了凤毛麟角了，要是在这个基础上乘以二，那概率简直就跟买彩票中个几百万一样。

魏景尚、魏景夏是对双胞胎兄弟，同卵的，帅气十分，相似度百分之九十。

巧的是哥俩都考上了福建省的靖海大学。而且因为哥哥魏景尚高冷的学霸气质总能吸引许多小女生的关注，所以弟弟魏景夏总有意无意地在动作和衣着上模仿他，一时间竟让人有一种喝醉酒看到重影的错觉。

无独有偶，双胞胎姐妹林佐佐、林悠悠也同时考进了福建省的秀央大学。姐妹俩关系很好，而且都很爱玩互换角色的小把戏，当她俩的朋友和邻居也是既闹心又欢乐。

靖海大学是全国重点大学，而秀央大学是相较下比较普通的一本，两所大学同属于禹城，相距十二公里左右。成功大道像一条河流一样横亘在中间，而大道的中段又被一个森林公园所包围。

靖海大学。

魏景尚、魏景夏两兄弟报完到，被告知两天后才正式上课。魏景夏把行李卸在寝室里，日用品都还没来得及买，便被赵宇一个电话喊了出校。

魏景夏没那个耐心等公交车，便掏出手机开始滴滴打车。

在西门等了两分钟，一辆白色西雅特停在了他的面前。他皱了皱眉，有点儿嫌弃这种车狭窄的内部空间，家里倒是有辆保时捷闲置着，但是他已经第三次挂了驾考的科目二，估计等他拿到本本，保时捷都变成古董了。

突然，他感觉到一阵妖风吹来，紧接着一个鬼影掠过，只见副驾驶座的车门被打开又迅速关上，这辆车便冒着黑烟扬长而去。

魏景夏茫然地看了看手机，又看看那个渐渐远去的车牌。

他心里嘀咕着："是我打的车没错啊，被什么鬼截了去？"

魏景夏越想越气，暗暗骂了一句："西雅特都有人抢？"

那个冒失的司机浑然不知自己载错了人，魏景夏看到自己的手机开始计费。

他连忙取消订单，可是突然一阵网络波动，他看到手机上的网络信号从"H"变成了"E"，他都快把屏幕戳碎了都没能成功取消，无奈，他只得打给软件的客服解释情况。

他叽里呱啦解释了一通，刚一挂断，这时候电话又响了，一看，还是赵宇打来的。

这个催命鬼！

他暗暗骂了一句，转过头，正巧前方驶过来一辆公交车，"额头"上亮着"156路"几个大字。

在众多经过大学生活动中心的公交车中，156路步行时间最长，到达森林公园站还需步行八百米才能到达大学生活动中心。

车刚一靠站，一群人就哄闹着挤了过去。

魏景夏一咬牙一跺脚，一头扎进了人群里，勉强上了公交车。

森林公园的西面有个大型的大学生活动中心，风光秀丽，景色宜人，地理位置优越，故一直都是靖海和秀央学子常去的学习和休闲的圣地。

　　大学生活动中心是一栋"扎哈式"的非线性建筑，它用它前卫的造型改变了这一带一成不变的天际线。周围都是高低错落的平房，连坡屋顶都甚少得见，于是这个带着夸张弧形的建筑穹顶，为这片沉闷的区域带来了一丝活力。

　　活动中心建筑分为五层，一楼是一站式服务中心，二楼是娱乐活动中心，三楼是艺术展览中心，四楼是就业指导和心理辅导中心，五楼是办公中心。

　　一楼的大厅宽敞明亮，幕墙外的阳光被浅色玻璃滤去了张狂，剩下一些温和的光线慵懒地透进来，糅合在吊顶明亮的灯光之下。

　　就像是一杯温水倒进了水族馆里，只有水自己能感受到变故，鱼儿浑然不觉，仍然慢悠悠地游荡着。

　　林佐佐跟林悠悠在导航牌前停下，两人讨论了一会儿，约定了下午集合回校的时间，便分头行动了。

　　姐姐林佐佐往二楼走去了，她准备去看一下那个音乐室，一周后就是福建省的大学组小提琴比赛日了，她可得抓紧时间再练一练。

　　妹妹林悠悠则在一楼的小店里买了个陶瓷杯，杯耳是一个"乔巴"的造型，她很喜欢这些被称之为"二次元"的玩意儿。

她付过钱，走出店子，把杯子举过头顶，从玻璃幕墙透过来的阳光洒在乔巴的身上，杯子被描上了一层好看的亮边。

可是她才陶醉在乔巴萌萌的身躯中不过两秒，突然肩膀被人撞了一下，杯子在她的注目礼下画出一个抛物线。

"啪"的一声，乔巴摔成了锅巴。

不！能！忍！

林悠悠体内燃起熊熊怒火。

肇事者魏景夏浑然不觉，他经历了公交车上几近窒息的二十分钟，刚下车又疾跑八百米至此地，他觉得自己已经飙到极限了。

此时，他感觉自己就像是《肖申克的救赎》里那个重获自由的银行家安迪，身上的每一根汗毛都闪耀着自由的光辉。

生活总是会跟你开这样的玩笑，当你嫌弃西雅特车的空间狭小的时候，那对不起，请你去挤公交车。

他大口喘着粗气，正低头处理滴滴打车退钱的事情，突然听到响声，倒吸一口气，不安地回头看了一眼。

从林悠悠那即将喷出火来的目光里，他意识到自己闯了祸，他右手放在额前做出抱歉的姿势，但是脚还是本能地在往前跑。

"大妹子对不住了，哥有急事！改天漂流瓶联系！"他说着便挤进了即将关上的电梯。

"你！哎……"

林悠悠看看地上的碎片，气不打一处来，双手握拳，关节被捏得咔咔作响，她死死地盯住电梯的门，仿佛要用目光将它融化。

她迅速收拾完地上的碎片，快步向楼上走去，嘴里还念念有词："少年，你摊上大事儿了！"

她刚拿到了跆拳道的黑腰带，正愁没人切磋，没想到居然还有自己往拳头上撞的人。

魏景尚在四楼的自主创业部咨询了一下，翻看了一些资料，不过是两三分钟光景，那些数据就被他牢记在心了。他的内心是喜悦的，看来一切都在照着他的预期发展。

不过，这一切没人能从他冷峻的面庞上窥见半分。

电梯门在他面前打开，挤得密不透风的轿厢估计连氧气都进不去，他见状，转身便往楼梯走去。

这时林悠悠正停在楼梯的二楼跟三楼中间的休息平台上，她不知道那个弄碎她杯子的凶手到底上了几楼，正纠结着要不要"更上一层楼"，突然看到了从楼上下来的魏景尚。

林悠悠大喜过望，一副"被我逮到了吧"的表情。

"赔钱！"林悠悠双手交叉，瞪圆了眼睛怒视着魏景尚。

"赔什么钱？空气碰瓷？"魏景尚迈开的大长腿悬在半空中。

"碰什么瓷？赔钱！"林悠悠又强调了一次。

"你要碰瓷,想讹我钱,好歹也假装摔倒一下吧?难道是对自己的演技不够自信,怕摔得不够真实我不认账,于是干脆直接要钱?"魏景尚一脸的茫然。

"你在说什么?哎呀,你弄碎了我的乔巴,还想抵赖?真把你自己当金鱼,跟我玩七秒钟记忆呢?啊?"

"不知所云,"魏景尚睥睨了她一眼,继续往下走去,"你说我弄碎了你的巧——"

"乔巴!托尼托尼·乔巴!"她喊出了乔巴的全称。

"你有什么证据?"

"我当然——"林悠悠转念一想,对啊,我证据呢?该死,扔垃圾桶里了,"你你你……你这个人,男子汉怎么敢做不敢当啊?"

"我没做为什么要当?"魏景尚嘴角往上扬了扬,并不吃她这一套。

"那你是敬酒不吃吃罚酒咯?"

"罚酒怎么个吃法?"魏景尚挑了挑眉,一下来了兴趣,这还是生平第一次有人说要请他吃"罚酒"。

"哼,比试比试?你要是输了,给我赔钱加道歉!"林悠悠幽幽地从包里掏出跆拳道的黑腰带,当作发带,将一头乌黑亮丽的头发绾起来,系成一束干练的马尾。

不得不说,眼前这女生蛾首蛾眉,未施粉黛已经是顾盼生姿,只是偏偏紧皱眉头,一双秀目盯得人有些心里发痒,气呼呼的样子更是增添了一丝灵动。

"要是我赢了呢?"魏景尚饶有意味地看了她一眼,轻笑一声,"我也正想跟跆拳道高手过过招呢。"

"你……你怎么知道我是练跆拳道的?"林悠悠听了一愣。

"首先,我看到了你手上的茧以及膝盖上的瘀青——然后是你的语气,既然你敢跟一个不认识的男生武斗,那么证明你肯定有信心,理论上就应该是练过功夫的人,最近跆拳道又大热,禹城遍地都是跆拳道馆,根据合理推测,你还应该是个跆拳道高手。"

林悠悠低头看了一眼自己的膝盖,确实有一块淡淡的瘀青,那是以前训练的时候,一次剧烈的摔跤留下来的,虽然现在她已经是跆拳道高手,对抗中也甚少摔跤,但是这块瘀青就跟她那些奖杯一样,被时间保留了下来。

林悠悠撇撇嘴,道:"哼,知道就好,现在道歉还来得及。"

"既然你想比试比试,那就来吧。不过你还没回答我的问题,要是我赢了呢?"

"你要赢了,这……这事一笔勾销!"面对他的镇定,林悠悠突然显得有点儿慌乱。

这对魏景尚来说是个不平等的交易,输了得赔钱,赢了啥也没得到。

从经济学角度来说,他不应该答应,但是于个人而言,他只想尽快摆脱这个难缠的女生,好回去将早上得到的数据分析整合,进行下一步的规划。

更何况,他的字典里从来没有"输"这个字。

林悠悠只道自己是跆拳道的黑带大神,却不知魏景尚年少时也长年习过咏春,两人气势上自然是丝毫不输对方。

"好,一言为定。"魏景尚嘴角动了动。

"这里不太方便,我们去二楼的武术馆!"

"好。"魏景尚冷冷道,跟着林悠悠来到二楼东区的武术馆前面。

"开始吧。"林悠悠正声道,同时双手一前一后握拳——标准的跆拳道预备动作。

"在这里?"魏景尚轻轻皱了皱眉。

这一区只有三三两两的人在走动。

"进武馆还要交钱,交的钱都能买十个杯子了,不划算,就在这儿吧。"林悠悠朝魏景尚抬了抬下巴,做出挑衅的动作。

"那便来吧!"魏景尚紧扣食指,其余四指并拢,掌面朝上将右手伸直——同样是标准的中国功夫预备动作。

林悠悠点头致意。

魏景尚微微颔首,头刚抬起,便看到林悠悠一个闷声的冲拳朝他的右侧打去!

——那种虚张声势的呐喊声在实际的打斗中毫无意义,仿佛只是在提醒对方"请注意,我要出拳了哦",所以这种出其不意的招式就变得极其简单暴力。

魏景尚身体左转,迅速将右手收至胸前,淡定地向林悠悠右手的腕关节击去,巧妙地化解了这股巨大的力量。

林悠悠见势右手死死抢抓住他的手臂,转身借力想给魏景尚一个过肩摔,此举同时还止住了她身体的倾斜。

魏景尚见状微微抬腿,轻轻地踢了林悠悠的膝关节一脚。林悠悠突然腿一屈,失去了着力点,自然也没办法扳动魏景尚的身体,可还是紧紧抓着他的手臂,突然一个扭转!魏景尚心里一惊,连忙半蹲,顺着她扭曲的方向跑着步旋转,还得跟上她的频率,快了或慢了都有可能导致手臂骨折!

他们像两个矮子在跳交谊舞一样旋转了几秒,人群发出一阵哄笑。

魏景尚这才发现周围已经围了一群人,粗略估计不下四十个。

"你耍赖。"魏景尚皱着眉,左手用力掰开了她的手,掸了掸衣服上的灰尘,冷冷地看着她。

"你才耍赖好吗?没说可以用脚啊!"林悠悠直起身,甩了甩头发。

"也没说不可以啊。"魏景尚还是冷冷的语气。

武术馆副馆长听到有人在门外喧闹,连忙冲了出来,看到外面居然围观了这么一大群人,几乎把过道围得水泄不通。

平时这里都没什么人光顾,这一下来了这么多人,副馆长自然是大喜,连忙唤学员A拿出两张入场券——这是除学员外,自主过来训练的散客的出入凭证。

"两位年轻人,本人代表浅海武馆欢迎你们再打,哦,是再比试一场。"

两人打量着来人,一个中年模样的男子,胡子修得整整齐齐,星眉剑目不怒自威,偏生那个笑容,让人感觉不到丝毫的冰冷和严肃,这让林悠悠想起了自己的男神吴秀波。

"你是说,让我们去武馆里面再打一场?"林悠悠瞪大了双眼,看着眼前的"低配版吴秀波"。

"是的,如果你们愿意的话。"

"正好,今天没打过瘾,只是,今天有点儿累了——"林悠悠活动了下关节,发出"吧嗒吧嗒"的声音。

"没事,你们什么时候再来都行,不过……别隔太久。"副馆长露出尴尬的笑容。再过个十天半个月的,武馆说不定都要倒闭了!

突然周围一片静默,大家都在等待两位当事人的回应。

"好,那就下周再战,怎么样?!"林悠悠一个响指划破长空,打破了平静。

林悠悠和副馆长同时看向魏景尚。

魏景尚轻叹一声,无奈地点了点头,缓缓道:"好吧。"

那边,魏景夏一来到二楼的练舞厅,气还没缓过来,赵宇就一把将他拉了进去。

"什么事啊,这么火急火燎地把我喊来?"

"生死存亡之事啊!此事之急,急过冬瓜皮!"

这是他们游戏党之间的常用句式,不管说的是什么,要的是押韵和气势!

魏景夏一进练舞厅,就被一阵浓浓的烟味呛得直咳嗽。

眼前依稀可见一群穿着有点儿不伦不类的人,靠在落地镜前的扶杆上吞云吐雾。

他们要么是衬衫领子外翻,露出性感的锁骨;要么是只卷起一边袖子露出 Hello Kitty 的文身;要么就是下摆少扣一粒扣子,跟个蜘蛛精似的露出肚脐眼。

——他们总是有能力把一件好端端的衣服穿得骚里骚气的。

他们管这叫"态度"。

魏景夏不疾不徐地走过他们的身边,对着文身的女生说:"左边还可以再纹一只米老鼠。"

全场传来窃笑声。

他又走过"肚脐兄"身边,打趣道:"敞着肚皮干吗?准备吐丝呢？"

全场又是一阵笑声。

当他走过社会哥A身边时，社会哥A冲他吐了口烟，他一下被呛得直咳嗽，连忙快步走到自己的阵营中去。

"魏家的二少爷，居然连烟都不会抽，真是可笑。"社会哥A站在人群中间，用力嘬了一口烟，缓缓吐出，轻蔑地笑着，露出一口"黑化肥挥发要发灰"的牙齿。

从站位上不难得知，社会哥A是这群人的头头。

他说的这番话，自然又是学渣社会党之间的迷之逻辑，即"抽烟的男生才有魅力"。

魏景夏不以为然，觉得这些人本来就没有逻辑可言，他们甚至可能没有脑子。

"少废话，按规矩来？"

"果然是二少爷，气势就是不一样。"社会哥A看似不经意地瞥了赵宇一眼。

赵宇红着脸低下了头，也许是之前受了他们一群人的羞辱，所以把好友魏景夏喊来救场子。

魏景夏所说的"规矩"，是指禹城本地街舞社团里约定俗成的比试流程，一般分为三个环节，先是三人团体赛，然后是车轮战，最后是团长之间1v1的Battle。谁赢了，那个社团便会名声大噪，也会有许多人慕名过来强势围观。

对男生来说，是一场体力和技艺的比拼；对女生来说，这就是一出好戏啊。试问哪个女生不想看一群高大帅气的男生，跳着各式各样的高难度舞蹈呢？

所以说，谁占领了练舞厅，谁就占领了女生们心中的一席之地。

这一场战斗的重要程度，自然不言而喻，两队人马针锋相对，眼珠子瞪得巨大，仿佛想采用一种叫"我不能用眼神杀死你，我也能把眼珠子瞪掉在地上吓死你"的招式。

一时间练舞厅里不只有香烟，还有硝烟，正在急剧蔓延。

劲爆的音乐声从巨大的音响里传来，预示着一场无形的战争拉开了帷幕。

团体赛看得人目不暇接，众人的热情也一下被点燃，达到了一种被他们称之为"high 到爆炸"的程度。

现场的气氛在二十分钟后到达沸点。

魏景夏和社会哥 A 的团队各赢了一轮，现在进入了最后的决胜轮，即魏景夏跟社会哥 A 之间的 1v1 Battle。

"激情澎湃，景少不败！"这边的人在呐喊。

"嗨少牛逼，嗨少无敌！"另一边的声音忙盖了过来。

一边是热情奔放，一边是押韵顺口，整个练舞厅里充斥着两股对立的能量，气氛很是热烈。

"嘘——"嗨少做出噤声的手势。

"啊——好帅!"门口幽幽传来一阵娇滴滴的呼声。

嗨少一个后空翻进入场地中央,紧接着是一套行云流水的Breaking,大量的地板动作和应接不暇的大起大落的舞步,将嗨少冷酷而张扬的气质彰显得淋漓尽致。

"啊——我要给他生猴子!"门口又传来低声叫喊。

嗨少有意在情绪巅峰的时候收住,渐渐淡出舞台,给人一种意犹未尽的感觉,然后冲魏景夏挑了挑眉,做了个抹脖子的动作。

魏景夏轻笑一声,一个Backslide进场,华丽的舞步搭配上他魅惑的笑容,又引起门外人群一阵骚动。

只见他踩着惊雷一般的鼓点,每一个肌肉的Pop都精准无比,强烈震撼着在场每个人的心,突然一个Wave过渡之后,节奏开始变换,他又跳起了Electric Boogie,一阵急速而机械的舞步和魏景夏眼里流转的暧昧形成强烈对比,倏忽一个重重的鼓声,魏景夏好像断了电的机器人一般,整个人一动不动地立在原地,但还是眯着笑眼环视四周。

女生们仿佛接收到了什么信号一般,纷纷对号入座起来。

"他在给我抛媚眼!景少我爱你!"

"贱婢!景少明明是在看我!"

"你滚吧,跟我抢景少,我打死你——"

"快看快看,嗨少开始第二轮了!"

两人自由 Solo 一段过后就是 Battle 了，最后的胜负都是看双方一致的评选以及群众的呼声。

又是一阵刀光剑影，几轮比拼下来，难度和观赏性上都不分伯仲，最后一个动作了，全场都屏息凝视。

一般这时候压轴的都是团长的绝学，所以，每个人都无比期待着。

嗨少的表情平静，但是从他轻皱的眉头可以看出来他有点儿紧张，他以一个 old school 的律动开场，一个风车之后紧接着又是一个背转，人们还没来得及惊呼，他从旁边的一个喽啰手里接过头盔，身体一个颠倒开始了头转！

所谓头转就是人倒立着以头抵地，双手施加一个转动后便离开地面，仅凭惯性让身体高速旋转！

这个动作帅是帅但是很危险，所以基本没几个人敢尝试。

难道嗨少学会了？魏景夏有点儿惊讶。

但是帅不过两秒，不知道是地板还是技术的关系，嗨少就转了半圈，便跟一条咸鱼一样直直地倒在了地上。

"噗——"全场一阵嗤笑。

嗨少红着脸站起来，连忙解释：" 地板问题，地上有沙子，这次不算，我们下次再比！"撂下这句话之后，他便逃也似的出了练舞厅，他那群喽啰也快步跟着跑了出去。

"比就比，who 怕 who？"

赶走了嗨少他们，魏景夏一行人兴高采烈，打算一会儿去吃海底捞。

路过同一层的音乐厅的时候，魏景夏却被一阵动听的小提琴声吸引住了，他忍不住透过门缝往里面瞧了瞧，赫然发现林佐佐坐在小小的舞台上，神情陶醉地练习着小提琴曲。

这不是我刚撞到的那个大妹子吗？魏景夏心里惊呼，看来是上天要让他俩再次相遇啊，他决定进去给她赔个不是，顺便还得赔个杯子。

音乐厅里，林佐佐思绪万千，眉头紧皱着。

她尝试着拉完一曲圣桑的《b 小调第三小提琴协奏曲》，整体还算流畅——但是个别音符的音色不太好。

她不禁想，自己后天真的能完美地演奏这首曲子吗？

相比于古典而浪漫的贝多芬和帕格尼尼，林佐佐更喜欢热情奔放的圣桑。

她觉得自己体内有一个躁动的灵魂，这或许是受了妹妹那个活宝的影响，但她总是做不到像妹妹那样活泼，还有豁达。

而且现在的她急需要这股热情来驱散那场聚在她心头许久的阴霾。

她心想，要不要换首舒缓的曲子试试？只是一周之后就要比赛了,现在要改曲子已经来不及了,还是再练练吧。而且,如果想要赢得比赛,肯定得挑战高难度的曲子。

于是她就这样,纠结来纠结去,一时间也找不到答案。她只得叹了口气,重新用下颚和左肩稳住琴,又将《b小调第三小提琴协奏曲》从头练习一遍。

"你们先过去吧,我手机忘在练舞室里了。"魏景夏若无其事地转过头,对其他人说。

"好啊,我们先吃着,你只需要最后来付钱就行了。"赵宇带了头疾步走了,一群人竞走似的也冲向了电梯。

"你好。"魏景夏敲过门,轻声走进音乐厅。

林佐佐突然停下了动作,自言自语起来:"总感觉哪里不对啊——"

"哎,那个,我打扰到你了吗?"

林佐佐一愣,转过头,看到了魏景夏,疑惑地问:"你是?"

"你忘了?"魏景夏食指蹭了蹭鼻头,"我是刚刚把你杯子打破的那个人啊,过来跟你道个歉,顺便把钱赔给你,我景少不喜欢亏欠别人。"说着,他掏出钱包,云淡风轻地抽了张黑卡递到林佐佐面前。

"杯子,什么杯子?"他会不会是碰到了自己的妹妹?林佐佐刚想解释,突然走进来一个准备练琴的人。

"我的天!你俩究竟在做什么不可告人的交易?"来者是个扎马尾辫的女生,浑身透露着一股八卦爱好者的气息。

一个拿着黑卡的帅哥,一个拉小提琴的美女,居然还有金钱上的纠纷,八卦之魂此刻在她心里熊熊燃烧。

"我不认识他,他认错人了!"林佐佐连忙解释,然后压低了声音对魏景夏说,"你赶紧走!"

"怎么回事,赔钱都不要?"魏景夏一脸茫然,走出了音乐厅。

第二章 假装

连海风都带着一股苦味。

翌日。

魏景夏昨天吃完海底捞已经是晚上了,他折腾了一夜,总算是把日用品什么的买齐了,床褥铺好桌子擦干净。

这天一早,魏景夏带着困意醒来,思考再三,还是决定去找那个女生。

她不要钱,我至少得赔一个杯子给她吧?

简单的洗漱过后,他换了套正式一点的衣服——他把上次道歉失败的一部分原因,归咎于那天的穿着太嘻哈风了。

都说伸手不打笑脸人,何况是一个穿着正装的帅气的笑脸人呢?魏景夏被自己逗乐了,痴痴地笑着。

他还喷了点儿 ALLURE HOMME SPORT,男士运动淡香水——他这哪是只想着赔个杯子。

最后,他把手机的封面设置成了自己的女神桥本环奈。

"女神保佑!"他双手合十,朝天做了个拜佛的姿势,大笑一声出门去。

这是一种被他们游戏党称之为"玄学"的东西,具体操作就是在进行各种重要的事情之前,装神弄鬼地做些奇怪的事情,再听一首《好日子》之类的歌,反正就是干一些跟事情本身无关的事,结果往往把事情办成了,这在各种情况下都屡试不爽。

大学生活动中心。

临近开学,这里的许多常客都回学校整理东西去了,于是偌大的空间就显得有点儿冷清,那个旋转楼梯像根被遗弃的天津麻花一样,孤零零地伫立在大厅的西面。

林悠悠经过一晚上的思想斗争,最后还是决定去再买一个杯子。毕竟是她最喜欢的乔巴,让她再跑十趟也毫无怨言。

一想到乔巴那胖嘟嘟的小脸蛋,她的心便又被萌得化成了水。

她刚走进一楼的商店,正好碰上了从商店出来的魏景夏。她仔细地打量了一下眼前的这个人,突然发现他今天有点儿——迷人?

让她感觉仿佛自己跟他不是在同一个纬度的生物。

魏景夏立体的五官,带着一种文艺复兴的气质,衣服恰到好处的设计和高级的面料给人一种巴洛克的感觉,而且,空气里仿佛有股淡淡的香味在涣散。

她情不自禁地轻闻一番。

头香是柠檬和薰衣草的独有清香,中香掺和了清凉醒神的薄荷香气,尾香是持久的木香和麝香。

"ALLURE HOMME SPORT?"她不敢相信那个练咏春的家伙也会有这么细腻精致的一面。

"给你的,上次真的有急事没来得及处理,不好意思。"

说着,魏景夏把手里的杯子递给了林悠悠,淡淡一笑,那笑容仿佛巴黎圣母院纷繁的壁画。

"你,又不要?"魏景夏看她眼神放空,便戳了戳她,歪着头看着眼前这个女生。

他又想起昨天看到的那个场景,她坐在舞台中央,灯光落在她的脸上,她宛如月光下清池里含苞待放的一朵芙蓉。

那里面好像藏着数不清的故事,让人情不自禁想靠近,但是她略带悲伤的神情,又让人有点儿不忍看见。

"又?我当然要啊!"她撇撇嘴,被英气逼人的魏景夏看得有点儿不好意思,红了脸,过了半晌,说道,"虽然你给我赔了钱,但是我们的事儿还没完呢。"

林悠悠指的自然是一周后比试的事情。

"啊?你还想怎样?"魏景夏一脸茫然。

"又给我在那儿装金鱼呢？没事多吃点儿核桃补补脑，好吗？实在不行整点儿脑白金。"

"这都哪儿跟哪儿啊？"难道练小提琴这种艺术卦的人，说话都是这么捉摸不透？魏景夏抓了抓后脑勺。

"别忘了就行，要是想直接认输，我可不答应。"说完，林悠悠自己也愣了一下，明明他已经赔礼道歉了，自己得到了想要的，于情于理应该是就此跟他和解，但是她突然感到一丝——失落？

她倒不是真的对一个杯子耿耿于怀，她是真的还想再切磋一番，甚至只是再见上一面这个温暖的、儒雅的"武术家"。

"虽然没听明白你说的是啥，不过，我还是想说一句，你那天拉小提琴的样子真美。"魏景夏闭起眼睛，回想起那天的情景，热情而灵动的音乐再次响起，他显现出一脸的陶醉。

"啊？是……是吗？"林悠悠脸上的笑容僵住了，正好魏景夏闭上了眼，没有发觉。

魏景夏的话仿佛一个晴天霹雳，打在林悠悠的心头，让她的心顿时跌到了谷底，她在脑海中飞速地梳理着思路。

他定是昨天还见过我姐姐，而且对姐姐有好感，并且以为碰的是姐姐的杯子，所以才会对这件事这么上心，还特意跑来活动中心这里再买一个的吧？

此时，林悠悠很想跟魏景夏坦白，自己并不会拉小提琴，拉个磨说不定还行，可是又怕说了之后魏景夏就跑去见姐姐去了，自己也没有理由再见他了，一周之后比试肯定也被他抛到一边去了。

她想全盘托出，但是嘴巴像涂了胶水一样，任凭她怎么用力也张不开。

"当然了，而且你的气质很好，仿佛小提琴里长出来的精灵一般。"魏景夏专注地看着她。

"谢……谢谢。"林悠悠避开那个炙热的眼神。

"你不舒服吗？怎么看你一直在冒汗啊？"

"没……没有，只是有点儿热。"

"哦，"魏景夏点了点头，继续问，"除了拉小提琴，你还有没有别的什么爱好啊？"

魏景尚心想，这类女生爱好应该也不外乎读书、追剧、旅游之类的吧，这样自己这个网络党又可以唾沫横飞侃侃而谈了。

"拳击算吗？"林悠悠小心翼翼地回答。

"噗——"魏景夏听了，不禁在风中凌乱，"你真幽默，我喜欢摔跤，哈哈哈——是平地跌倒那种摔跤！"

"哦……"林悠悠不知道他为何发笑，自己说的是事实啊，跆拳道跟拳击都是她热爱的竞技运动。

"说到爱好嘛，我带你去个地方。"

"去哪里？"

"你来就知道了。"

魏景夏把林悠悠带到了练舞厅。

"哎哟,景少爷,今天来得够早的啊,咦,这位美女是?"赵宇露出奸邪的笑容。

"哦,她是我——朋友。"

"朋友?"赵宇阴阳怪气地复述了一次,看了林悠悠一眼,一脸"什么都逃不过我这双火眼金睛"的表情。

不然呢?昨天才打过一架,今天就成情侣了?林悠悠一阵腹诽。可是,自己现在是"姐姐"的身份,她努力回想着姐姐生活中的神态动作,然后腼腆地点了点头。

"这是我哥们儿赵宇。"魏景夏拍了拍赵宇的肩膀。

"赵同学,你好。"

"你好——对了,你叫什么名字?"

"我叫林,"林悠悠顿了一下,"林悠悠。"

虽然犹豫了一下,还是报上了自己的名字,但愿魏景夏不会觉得自己这个名字跟小提琴沾不上边。

虽然以前恶作剧的时候,她也会假装姐姐的身份,可是现在,她突然感到很难受,如鲠在喉。

像是一条金鱼,周围的水突然变成了咸咸的海水,可是任凭她挣扎着,就是说不出一句话,只有那无数的气泡,带着那些卑微的心事，升到水面，陡然破碎。

  等一周后跟他比试完，我就再也不见他了。林悠悠这样想着，虽然不舍，但是这种言不由衷的感觉实在是太煎熬了！

  "林悠悠？呦呦鹿鸣，食野之苹，你大概前世是一只梅花鹿吧？"魏景夏微微一笑，"我叫魏景夏，很高兴认识你。"

  "是啊，也许吧真的是吧，也许我前世还被赵高指认成了马。"

  "哈哈哈哈，有意思。"

  "哎哎哎，不对啊，你们怎么才认识，你们不是——"赵宇一脸坏笑。

  "我们真的才认识，因为——因为一件美丽的小事，哈哈！我们的这位林悠悠同学还是小提琴演奏家呢。"

  "哟，原来是位音乐才女呢。"

  "没、没有。"林悠悠连忙摇头。

  "哎呀，我昨天都听过了，你就别谦虚了。"

  "昨天我们不是吃完海底捞就回去了吗？你啥时候听的？难道你们晚上还在一起……还说刚认识？是不是太开放了啊？"赵宇跟发现了新大陆似的，一下来了兴趣。

  "胡说！"魏景夏脸一红，"我昨天不是回去拿手机了吗，经过音乐厅的时候听到的。"

  "哦，是这样啊——"赵宇笑了笑，看向林悠悠。

  林悠悠把头埋得很低，下巴都快戳到脖子了，这才勉强地点了点头。她发现自己除了点头摇头什么都干不了。

这一点儿都不像她啊！她是个那么风风火火、敢作敢当的女孩儿，现在怎么变得这么畏首畏尾，连话都不敢说，生怕暴露自己只是个会跆拳道的霸道女生，而非那个会拉小提琴的姐姐。

就为了满足自己那个卑微的、再见他一面的愿望，这般百蚁蚀心的感觉，自己还能承受多久？她用力地咬着下唇不忍再往下想了。

"你一会儿没什么事吧，如果没有，就留下来看一会儿我们跳舞吧？"

"哦，我……我没什么事儿。"林悠悠低声说。

魏景夏向赵宇使了个眼神，赵宇会心一笑，跟了过去。

既然有美女在旁，两人自然是要好好表现一番。林悠悠将杯子放在窗边，满怀期待地坐在木地板上。

他竟然还会跳街舞？这种张狂洒脱的舞蹈，跟咏春那种讲究寸劲的武术恰好相反，这两种个性居然还会混合在同一个人的身上？林悠悠既感到新奇，同时也感到深深的苦恼。

她感觉自己正一点一滴陷入他的笑容里，但是又无法自拔。

魏景夏和赵宇两人进行了一段随性的 Battle。

说是随性，两人表现欲却极其高涨，魏景夏献出 new-style，热情得就像是冬天里的一把大火。

赵宇则跳起了house，这种主要是自由的脚上动作在国内尚不太流行，但是大长腿在女生面前晃来晃去，跟俩钓鱼竿儿似的，总是让这些"美人鱼"甘心沉沦，纷纷上了钩。

魏景夏轻轻蹙眉，没想到赵宇竟然偷偷学了这一招，有点儿不开心。

"哎呀——"赵宇春风得意之间，突然应声摔在地上。

"怎么了？"林悠悠连忙起身，跑过去查看。

"指定是扭到脚了呗。"魏景夏不厚道地笑了笑，心想：让你装。

"鞋子问题，鞋子问题，刚旋转衔接的时候没稳住。我没事，只是有点儿扭伤，嘶——"赵宇忍不住吸两口冷气。

"啪！"

玻璃碎裂的声音。

三人回头一看，只见那"乔巴"的杯子掉在地上，又成了一堆碎片。

林悠悠看着眼前的三个人，领头的正是上次跟魏景夏Battle的嗨少。

嗨少右手边的黄头发小哥站在窗边，玻璃杯的碎片就在他脚旁。很显然，凶手是他，但是他脸上居然还挂着一副扬扬得意的样子，仿佛在说：就是我干的，你能拿我怎么样？

"哎呀，你怎么这么不小心，还不赶紧——"嗨少语气浮夸地数落着黄毛小哥。

林悠悠三步并作两步，一阵风似的突然冲至黄毛小哥面前，一个冲拳将他的下颚打歪，转身一个过肩摔将他重重甩在了地上。

嗨少和另一个人的表情都僵住了。魏景夏瞪大了眼，缓缓转过头跟赵宇对视起来，露出难以置信的表情。

"给我道歉！"林悠悠拍拍手，走到黄毛小哥的旁边。

黄毛小哥吓得浑身颤抖，吃痛地缓缓后退。

林悠悠突然蹲下，紧紧抓住了他的手臂。

"啊——我错了。"黄毛小哥大叫。

林悠悠轻笑一声，手上一使劲，将他拉了起来。她嘴上说着原谅他，可是心里却有一股莫名的失落。

那个杯子，是魏景夏赔给她的，意义远远大于之前的那个。可是这个带给她牵挂的杯子，这一份难以言说的情愫，却这么短暂且脆弱。

而且——乔巴真的很萌啊，怎么有人会舍得摔碎它！

也许这就像他们的缘分吧，注定是个错误，还是个丑陋的错误。

那一刻她可真想哭出来，当年她练习跆拳道摔得浑身瘀青肿痛的时候都没有哭，可是，这种强烈的无力感和罪恶感像个恶魔一样，不停刺痛着她的心。她只感到鼻子一酸，连忙抬起头，妄图让眼泪回到体内。

好一个"高处不胜寒"的姿势!

在场的人还以为她在摆胜利的POSS呢。

"好、好强……"赵宇缓了半晌,这样说道。

此时魏景夏心里同样划过强烈的感觉,他自然不知道这是跆拳道的招式,还以为是林悠悠自学的女子防身术呢。

"可以啊,景少爷,找了个这么彪……"

林悠悠闻声乜斜了嗨少一眼。

"——豪爽的女生来帮你们啊,"嗨少见状连忙改口,"不过,哼,别以为这样我们就会怕你了,告诉你,三天后我们在这里,决战!"

"我会怕你吗?战就战!"魏景夏笑了笑。

"我们走!"嗨少对身边的两个人说了声。

黄毛小哥抚着发烫的后背,踉踉跄跄地走到了嗨少旁边。

"废物!"嗨少低声咒骂了一句。

他们三个人快步往门外走去。

"哦,对了——"嗨少走到门口的时候突然一个回头,"到时候记得把地打扫干净一点儿!"说罢便扬长而去。

看来上次摔倒的事情也是让嗨少心有余悸。

"哈哈哈哈哈哈……"魏景夏跟赵宇突然捂着肚子,放声大笑。

"怎么了，你俩怎么笑得这么开心？"

"没什么，"魏景夏擦了擦眼角笑出的眼泪，将笑容敛了敛，"你帮我们教训了一番嗨少他们，我们自然很开心。"

"对了，那只是个杯子，你怎么突然发这么大的火啊，虽然我们也很想看到他们被教训一下，哈哈！"

"因为——"林悠悠自然不会说因为那是魏景夏买给她的啊，那上面还残留着ALLURE HOMME SPORT的香气呢。真是暴殄天物啊！"因为我真的很喜欢'乔巴'啦——"她牵强地解释。

"哦……"魏景夏跟赵宇将信将疑地点点头。

"没事啦，大不了我再下去买一个——"说着，她就要往门口走去。

"刚刚那个，是店里最后一个了。"魏景夏三步并作两步，走到她身边。

"啊？这——好吧。"

"这样吧，我再看看别的店还有没有卖的，时候也不早了，今晚咱们一起去吃饭吧？"

"吃饭？"

"怎么，不肯赏我这个脸？"魏景夏一笑，明眸皓齿，让人不忍拒绝。

"好吧。"

三人有一搭没一搭地聊着，坐电梯下了楼，赵宇示意他俩在大厅里先等一会儿,自己去车库开车出来。

林悠悠抬起手看了看手表,现在是五点半。

活动中心六点半关门,门前却已经是行人伶仃。

初秋的夜晚,开始变得寒冷,秋风跟耍流氓似的,不停地撩动着高大的乔木,树叶簌簌落下。

林悠悠裹了裹单薄的外套。

"冷吗?"魏景夏皱了皱眉。

林悠悠抬头看了看眼前的魏景夏,斜阳如水,洒在他长长的睫毛上,最后落在他深海似的明眸里。

"冷就站我后面吧,我帮你挡风。"魏景夏笑了笑。

林悠悠简直要融化在他的笑容里,直到魏景夏又喊了一声,她才回过神来。

"啊?哦——谢谢——"说着便一个斜跨步退到了魏景夏的背后去。

两人站在逆风的方向,风再次将魏景夏身上的香气吹拂到她的脸上。

清香的柠檬,清凉的薄荷,持久的木香,以及恋爱的香气?

林悠悠连连摇头,坚决否定了自己的嗅觉系统。

她不断提醒自己,魏景夏喜欢的是自己的姐姐,是那个月光里静静拉着小提琴的女孩,而不是只会打打闹闹的自己。

一想到这个,她的心又倏忽落到了谷底。

"哔——"

突然传来一阵汽车的喇叭声。

林悠悠从魏景夏身后探出头来,看到一辆灰色的西雅特停在不远处。

"为什么世界上会有西雅特这种玩意儿?"魏景夏皱了皱眉,嘟囔了一句。

"你说什么?"

"没什么,我们走吧。"魏景夏默默地叹了一口气。

"嗯。"林悠悠跟玩老鹰捉小鸡似的紧紧跟在他的背后。

一路向北。

车行二十分钟,经过了禹城市体育中心,沿着仙岳路往西一拐,最后停在了奥古斯丁酒店前面。

酒店的灯光像潮水一样涌到街上,将周围妙趣横生的绿化以及繁美的跌水景观照得通亮。

现在已是黄昏光景,这一块却跟白天一样亮。再往远一点观望,两扇高大的旋转门上是一个中世纪风格的铁艺雨棚,嵌着的玻璃在灯光的投射下宛如宝石一般。视线上移,黄金麻石的表面显得奢华无比。

林悠悠低头看了一眼自己的衣着,白T恤,正中间是一个巨大的乔巴图案；九分牛仔裤，微微褪色；只有那双粉色的新百伦球鞋，还勉强跟"少女"二字沾上一点儿边。

不知道的还以为她来端盘子的呢。

西餐？林悠悠有点儿发怵。她还没吃过西餐呢，一会儿要是出了洋相可咋整啊？

林悠悠的父亲林建国在海天码头那一块卖海鲜，转眼已是三十年有余。林建国勤勤恳恳，每日起早贪黑，加上为人忠厚老实待人和善，在那一带的口碑很好，所以生意也不错。

虽然收入不低，但是毕竟供养两个女儿上大学，日常开销加上学费，再把每月的房贷一还，能余下的钱也所剩不多。吃西餐这种事情，小餐厅怕不正宗，大酒店又消费不起，加上本来林建国也不乐意尝试那种洋人的玩意儿。他甚至连肥皂都用不习惯，至今还用着硫黄皂在搓澡。

两个懂事儿的女儿体谅父亲，从来也没有提过要去吃西餐这种要求。

"这儿的牛排巨好吃！愣着干啥，赶紧走啊！"

魏景夏只知道这儿的西餐好吃，却不知道林悠悠没吃过西餐。

你以为你在给她最好的东西，但是你却没有了解过她的诉求，这便成了一厢情愿。政治书上说，这就是资产阶级和无产阶级之间的矛盾。

"我——"

我要是跟他说实话,他会不会笑话我呢?林悠悠这样想着,她的五脏六腑又感到一阵痛感。

该死,这种感觉又来了。她脸上勉强维持着笑意,可是心里却在想着,自己为什么会变得如此卑微和虚伪。她现在可真后悔没有一开始说清楚情况啊,他们之间,也隔着太多的鸿沟。

她的眼眶有点儿濡湿,连忙强忍着将眼泪憋了回去。

——她突然又想起了自己的姐姐。

高中毕业后,那些漫长的夏夜,高大的棕榈树下,孤独而渺小的女孩借着月光一遍又一遍地练着琴,总是一遍又一遍地对着夜空流下眼泪,那个瘦弱的影子仿佛也在一同哭泣,无助地倾斜着身体。

连海风都带着一股苦味。

那时候的林悠悠还沉醉在热血漫画和跆拳道中,丝毫不能理解姐姐的感受,还以为是沙子吹进了她的眼里。

有些事情一开始就像一粒沙子,掉进眼里,揉掉就好了,可是时间久了,便成了沙眼,那时候又该怎么办呢?

现在想来,痛苦的感觉是会慢慢累积的,当你感觉到它的重量时,证明你已经被它压得喘不过气来了。

求之不得,辗转反侧,如石压肺,悬而未解。

说谎,伤害,犯错,都是因为不安,因为害怕失去,可是这种不失去，是用这沉重的负担换来的。

那种言不由衷的感觉，就像那杯倒进海洋的温水，虽然最后温度消散，但是谷氨酸钠已经散布到各个角落去了，起初鱼儿只感觉到鲜味，可是渐渐地，过后变成了顶顶苦涩的余味。

"赶紧走吧，一会儿人多包厢可没了。"赵宇看了她一眼。

"哦，好，好吧。"林悠悠一咬牙，跟了上去。

你可是个跆拳道黑带！怎么能被一顿西餐给难倒了呢？

林悠悠停止了妄自菲薄，想起自己曾经击败过那么多强劲的对手，自己得到过那么多的牌匾和金腰带，顿时她又觉得自己充满了力量——原来自己才是那条只有七秒钟记忆的金鱼啊，不过，这又何尝不是一件好事呢？

幸得记忆短暂，我们可以只记住自己的幸福；也幸得人生总有一件事是值得寄托的，要不然苦恼的时候人应该把自己藏在哪里呢？

这样想着，林悠悠总算放宽了心，走进了旋转门里。

三个人进了"普罗旺斯"包厢。

里面是一张典型的西式长桌，浪漫的木纹在桌上盘成一个圈。桌子中央是一个瓷器，色彩仿佛取自莫奈的《干草垛·黄昏》，精美得近乎带着一点悲凉的色泽，完美地融入这个房间。瓷器里插了些鲜花，错落有致，香气淡雅而悠长。

林悠悠和魏景夏坐在一边，赵宇则噘着嘴一脸哀怨地坐在另一边。

如果是姐姐在这儿的话，一定能如数家珍般对这里的每一个物件都归好种类，并且用她那宛如"蝴蝶夫人"一般哀伤而魅惑的语调娓娓道来。

而自己却只能用那宛如施瓦辛格般的拳头，把这里的每一个物件都摔得渣渣都不剩。

这个时候，她可真有点儿妒忌自己的姐姐。

点菜的时候，林悠悠翻看那本硕大得可以遮住自己整张脸的餐谱，看了半天也没看出个所以然，上面每一个精美的图片仿佛都在对她说"吃我，吃我"。

她悄悄从菜谱后面探头，偷瞄了一下魏景夏和赵宇。

头盘、汤、副菜、主菜、沙拉、甜品、水果和咖啡。

魏景夏和赵宇点得飞快，仿佛对这里的一切都很熟悉，她一个字也没听清楚。

林悠悠可真想对服务员说个"我跟他要一样的"，但是转念一想，又觉得在西餐厅里面这样显得很Low，于是装模作样地翻了一会儿，瞎点了几个。

点餐风波刚结束，餐上来了，林悠悠又陷入了纠结之中。

到底是左手拿叉右手拿刀呢，还是右手拿叉左手拿刀呢？她想着，我先观望一下魏景夏他们，然后再吃总可以了吧？然而事实证明,她还是太年轻。

"Lady first."魏景夏冲她挑了挑眉。

"啊?"林悠悠突然有点儿不知所措,面对着头盘的"焗蜗牛",要不是她面前没有放牙签,她指定照着吃田螺的方法上手了。

她犹豫地看着盘子中央的六只蜗牛,左边是一个形状怪异的不锈钢材质的工具,右边是叉子。

怎么吃?难道是用左边这个把蜗牛敲碎?还是直接跟吃核桃似的用手抓起两个拿在手里捏碎?

她突然想到,如果是姐姐,这时候会怎么做——在以前,这种想法曾帮助她不知道度过了多少尴尬的时分。

优雅——她想起姐姐的关键词。

对,一定要"优雅"!她两眼放光,自信地左手握着奇怪的工具,将蜗牛固定住,右手拿叉子将里面的肉轻轻挖出,缓缓放进嘴里。

一开始是土豆泥的绵软质感,然后是黄油的香甜可口,突然一阵葱蒜和香料的浓郁香味迸发出来,将之前的温情淹没,只留下浩瀚的愉悦感。

林悠悠深吸一口气,发现自己好像被一道菜感动了。她觉得这道菜里投入了很多奇妙的感情,这是一道有生命的菜!

"好吃吧?"魏景夏显然从她的表情上得到了答案。

"嗯。"林悠悠点点头,终于长舒了口气。

有惊无险,接下来林悠悠就如法炮制,"优雅"地避免了这一次西餐危机。

吃完西餐,赵宇将她送到了秀央大学门口。

林悠悠与两人道过别,走进了西校门。

走在校道里,她不禁想,姐姐的生活可真的是游刃有余啊,为什么她可以这么优雅,又这么自如。

要知道刚刚那顿饭,吃得林悠悠胆战心惊,生怕露出马脚。

——也难怪那么多男生都喜欢姐姐,魏景夏也很喜欢姐姐吧,这顿饭,名义上请的也是姐姐。

林悠悠这样想着,不禁有点儿难过。

她又开始妄自菲薄起来,是啊,哪个男生不喜欢温柔知性的女生,而偏偏喜欢一个跆拳道黑带暴力女?除非他是"抖M"。

林悠悠没想到,一周之后,心里的话一语成谶,她还真的碰到了那个喜欢上她的"抖M"。

第三章 决斗

她所有的骄傲和自信,又一次被那个人击溃了。

九月五号。

决斗日。

806路公交车。

魏景尚站在公交车的中部,座位已经全部坐满,他的旁边还站着一个女生和两个男生。

他一身运动装,乍一眼看上去与周遭的人无异,但是倘若你看他一眼,只消一眼,你定会被他冷峻不带一丝烟火气息的脸庞吸引眼球,你大概会以为这是哪个过气了的或是尚未翻红的电影明星。

——至于铂盛集团的大少爷为什么要选择坐公交车出行,原因自然不是跟他那不争气的弟弟魏景夏一样,因为驾照没考过所以不能开车，他只是不想暴露自己的行踪。

去打架斗殴还开一辆拉风的劳斯莱斯，这不是明摆着让记者拍照当头条新闻吗？偷拍？不存在的。

他俊俏的五官以及高大挺拔的身形已经如此出众，他可不想再招徕更多的关注了——至少在完成那件事之前。

当然，魏景尚也可以选择滴滴打车，但是他想起了一周前，林悠悠对他说的一番话：一个杯子也就几块钱，为了解决这个纠纷还要去武馆进行决斗，武馆再收几十块的场地费，不划算。

不划算。

他以前还从来没有面临过这种消费体验和性价比之间的抉择。

作为铂盛集团未来的接班人，他得到的向来都是最好的：家庭、教育、衣食住行等等，甚至是交的朋友，也都是传说中的"上流社会"的人。

而这一路走来，他足够优秀的表现也证明了他配得上这所有的一切，没有人会用"富二代"这种略带贬义的词语来形容他，人们往往用"奇才"这种字眼去描述他。

可是林悠悠的这句话，着实让他陷入了一种思考。这不仅关乎他个人，还关系着他计划的成败。

这么一想，追求性价比仿佛是全人类都在探讨的话题。魏景尚正思考着，思绪却被公交车的提示音打破了。

"秀央大学站已经到了,请要下车的乘客有秩序地下车,下一站,市体育馆,有要下车的乘客请做好准备。"

"刺"的一声,车门打开,迎面走上来一个长头发的女生,手里提着一个黑色的盒子。从形状上看,很大概率里面是一把小提琴——当然,也有可能是一把带消音器的狙击枪。

魏景尚看到那张熟悉的脸,有点儿发愣。

上来的正是林佐佐。她今天要去参加在禹城举办的福建省大学生小提琴比赛。

魏景尚轻轻颦眉,看着眼前这个女生,有种说不上来的感觉,但他还是觉得这就是一周前跟他比武的那个林悠悠。

要不要去打招呼呢?魏景尚有点儿犹豫。打招呼说个啥呢?他俩一会儿可是要去决斗,又不是去喝星巴克,总不能说"早安,祝你好运吧"。

而且,与自己那喜欢拈花惹草的弟弟不同,跟女生打交道向来就不是他的强项——尤其是那种闹腾的女生。

今天天气真好。他干脆看向窗外。

就这样僵持了几分钟。魏景尚的思绪再次被公交车的提示音打破了。

"市音乐厅,已经到了,请要下车的乘客有秩序的下车,下一站——"

车门打开,林佐佐低着头独自下了车。

"啊？"什么情况。魏景尚一脸茫然，说好的决斗呢？我被耍了？

魏景尚正要跟着她下车，看看究竟，就在这时，他旁边坐着的一个小孩手里的玩具脱手而出，滚落到地上，"啪"的一声摔成一堆散块。

乐高积木。

如果说能够用一样东西，便瞬间令魏景尚这样的冰山都崩出裂痕，那定然不需要出动泰坦尼克号，只要小小的乐高玩具就足矣。

这种色彩明亮，外表光滑，造型四方四正的玩具，组合起来却能够变幻无穷，时而高大上，科技感满满，时而精致优美，令人陶醉其中。

著名网站某乎里，有人是这样高度评价乐高的："除了可以创造出你能想象到的所有东西，乐高还可以修补这个真实而不完美的世界。"

外国有人用乐高积木修补了一些老墙的缝隙，当然，更多的人还是用它来修补小孩子满溢的想象力。

——这也是魏景尚深深沉迷的原因之一。创意在这个时代是极其宝贵的财富，这不，国家都把它单独归为了一个产业了。

魏景尚自打记事开始，就深深被这种玩具给吸引了，以至于后来一看到乐高都迈不开步伐,也得亏他不怎么逛街,不然街上的乐高估计都让他买回了家去。

他家里那个用来存放乐高玩具的房间,估计比很多人的整套商品房都大。

于是,魏景尚几乎是看到那个玩具落地的一瞬间,便插了翅膀似的,瞬间冲到那堆碎片的旁边,并开始迅速地拼接起来,那个孩子的眼泪挂在眼角,还没来得及滴落,嘴巴张开还没来得及发出哭声——魏景尚就已经拼好了,并微笑着递到了小孩的面前。

"谢、谢谢你,小伙子。"一位穿着浅蓝色碎花上衣的短发妇女愣了半响,连忙堆起了笑,然后转过头对小孩说,"还不赶快谢谢哥哥?"

"谢谢哥哥!"一个稚嫩的童声响起,小孩破涕为笑。

"不客气。"魏景尚礼貌地微笑,他的脸仿佛是防笑材料做成的,那笑容只停留半秒钟便滑落到别的地方去了,他的脸上又恢复严肃的神情,单是眉头轻轻皱着——他记起来林佐佐已经下了车,他连忙向司机询问,能不能让他在最近的路口停车。

"这里是高架桥,不能停车。"司机冷冷地回答。

魏景尚心里着急,但是脸上依然是那副石膏人像般的淡定表情。

公交车行驶了足足五分钟,终于停在了高架桥出口处的站点——有时候,你想不到错过了一站,回去的路会是那么远。

他连忙下了车，环顾四周，终于发现不远处有一辆共享单车，他连忙掏出手机扫码开了车，颤颤巍巍、摇摇晃晃地往市音乐厅的方向骑去——请不要笑，毕竟对于一个有钱人家的少爷来说，会骑单车已经是一件很稀奇的事情了。

由于是复赛，所以不用买票进场，因为本来也没什么人看。

仅有的稀稀拉拉的人群，一部分还是冲着看美女去的，纯粹去欣赏音乐的观众真的少之又少。

魏景尚一路询问，一路循着小提琴大赛的海报和指示牌，来到了林佐佐比赛的大厅。

——比赛已经开始了，他找了个中间偏前的位置坐下了，这个位置视角刚刚好，既不用辛苦地仰视，也不用可怜地耷拉着头，几乎是平视的绝佳位置。

现在正在表演的是靖海大学的学生A，一曲帕格尼尼的《God Save the King》演奏完，台下的五个评委交口称赞，纷纷赞许地鼓着掌。

"虽然有的小段演奏的不太流畅，不过节奏很准确，整体效果还不错。"

"而且这个曲子难度很高，能演奏成这样已经很好了。"

评委在低声讨论着。

大赛的评选规则为每个评委二十分，五个评委，满分刚好为一百分。

　　学生A得到了八十二分，算是一个很不错的成绩了。

　　主持人宣布了成绩，然后开始报幕，此时轮到林佐佐了，她也正好是最后一个。

　　这时候有个别评委开始打起了呵欠，他们已经听了一个早上了，难免有些疲乏。

　　林佐佐听到自己名字后，款款走上了台。

　　魏景尚感觉到了自己身边的人的异动。

　　坐在他左手边的人轻轻咳嗽了一声，方才还是右手抵着座椅扶手，手掌撑着脸闭目，此时已经惊醒过来，脸上带着一丝惊讶。他歪着头看着前方的屏幕，变换了一下姿势，双手交叉，心事重重地看着前方，眼神忽然就涣散了，仿佛陷入了回忆之中。

　　林佐佐走到舞台中央，她向评委微笑，点头示意，然后环视了一下四周，突然，她的视线汇聚在一个地方，她的眼睛不由自主地瞪得很大，瞳孔急剧收缩，她的心跳也变得混乱无序，她连忙深呼吸，试图让自己平静下来。

　　那个人，他回来了？

　　他还知道回来？

　　林佐佐心里突然翻涌着回忆与苦涩。

　　直到主持人提醒了她两次，她才缓缓地回过神来，开始了演奏。

她的内心是如此激动，又是如此愤怒。她握弓的手不停地颤抖着，无论她怎么深呼吸，都无法使自己平静下来。

她的泪水开始模糊了双眼，她几乎快要看不清琴谱了，她紧紧地抿着嘴唇，还是忍不住地颤抖着。她想到自己此刻的脆弱和痛苦，完完全全暴露在人们的注视下，她恨不得一头扎到小提琴的琴口里面去。

晦涩刺耳的声音从小提琴里传了出来，一如她的心声。

这时候评委席上的人都露出不解与难以置信的表情，仿佛在说：这样的人，是怎么通过海选的？拉成这样，确定不是猴子请来的逗比吗？

后半段，评委几次都忍不住想要捂住耳朵，但还是咬着牙忍住了。

终于撑到了演奏结束，之前演奏过的人也都回到了台上，等待评委最后给林佐佐的评分，然后进行汇总。

五十九分。

主持人云淡风轻地念出这个数字。

但是这数字就像是两个毫不留情面的人，化作两个巴掌重重地落在林佐佐的脸上，用两个通红的手掌向全世界宣布，她是一个彻彻底底的失败者。

林佐佐站在人群的最左边，灯光甚至只能照到她的半边脸，她听到那个分数，紧咬着下唇，眼泪一直在眼眶里打转——她所有的骄傲和自信，又一次被那个人击溃了。

毫无疑问，她成了当天比赛的最后一名。

林佐佐眼眶通红，提着小提琴，脚上像坠了两个铁锤，让她迈不开步伐，她很害怕走出去，害怕面对外面的目光。

她失魂地低头走着，突然撞到了走在前面的魏景尚。她愣了愣，抬头一看，忽地想起他就是那天莫名其妙给她递了一张黑卡的那个男生。

魏景尚回过头，看到她一脸的泪痕，一时间有些不知所措，停在了原地。

"有事吗？"林佐佐见他不走了，用疲惫不堪的声音问道。

"你既然会选择圣桑的这首曲子，"魏景尚答非所问，自顾自说着，"代表着你内心是阳光的，这跟你刚才的表现截然相反，我猜测，你的演奏失常，是跟那个坐在我左手边的男生有关吧。"

魏景尚的话一针见血，直击她的弱点。

"跟你有什么关系吗？"林佐佐忍着心痛，冷冷地说。

"抱歉，我对你的私事没有一点兴趣，"魏景尚见状，识趣地转移了话题，"我只是想知道，你是否有一个学习过跆拳道的妹妹？"

"你怎么知道？"

"你不需要知道我怎么知道，我只想劳驾你跟你妹妹说一声，我今天没去赴约，不是因为我怕了，而是我……"

"赴约？你们两个——"林佐佐疑惑地看着他。

"别误会，不是约会，而是约架，她没跟你说？"

"约架？没有啊。"

"哦。那我先走了，别忘了帮我传话，就说我今天有事没赶上！"魏景尚环顾了四周，发现刚刚骑的那辆共享单车还没被人骑走，连忙快步走过去扫码开了锁，摇摇晃晃地从林佐佐面前骑过，然后往市音乐厅的那个公交站台骑去。

在距离公交车站台还有不到三百米的时候，魏景尚突然感觉自己肩膀被拍了一下，本来就骑得不稳的他，一下没稳住车把手，连人带车往那个人边上倒去。

"哎哎哎哎——碰瓷呢？"那人惊呼。

"不好！"他心里大喝一声，双脚连忙往右一蹬，整个人利用反作用力跳了出来，车子这才往右一倒，没有压在那个人的身上，他自己同时往左一个前空翻——不愧是练过咏春，落在那个人的旁边，不料落地的时候被右脚单车的踏板绊了一下，身体失衡，一下将那个人扑倒在地。

魏景尚定睛一看，那人正是方才坐在自己左手边的那个男生！他跟那个拉小提琴的女生之间到底发生了什么？

"你们！"林佐佐此时看到了这尴尬的一幕。

魏景尚跟个弹簧似的跳了起来，低头一看地上那个男生面色绯红，衣冠不整，大口地喘着粗气。

他皱着眉，一把将那个消瘦的男生拉了起来。

"你们在干什么？"林佐佐冲到他们旁边。

"这只是个意外。"魏景尚抖了抖自己的衣角，冷冷地说。

男生站起来，生气地冲魏景尚喊道："你这骑单车的技术，跟三岁小孩学的？"

"跟你无关。"魏景尚冷冷地说着，扶起了单车，"你们慢慢聊，我先走一步。"

说完，他把那两个人晾在了原地，骑上单车径自离开了——虽然跟林佐佐交代了决斗的事情，但是他想了一下，还是觉得去大学生活动中心看看为好。

"龚子游，你——怎么来了？"林佐佐看着眼前的少年。

"哦，我今天来看朋友比赛的，没想到你也在。"龚子游面带歉意地挠了挠头。

天空中乌云聚拢了过来，俨然一番即将下雨的景象，周围的树木都蒙上了一层灰暗的色调，空气里传来浓重的泥土气味。

林佐佐的心跟这下雨前的空气一样，很不是滋味。

是啊，他怎么可能是专程过来看我比赛的呢。林佐佐苦笑着转过头，上了一辆刚刚停靠在身边的公交车。

225路，不是回秀央大学的车——她只是不知道自己应该怎么面对那个少年。

公交车门关上的一瞬间,她泪如雨下,这车窗外的天空仿佛也产生了共鸣,大雨倾盆。

大学生活动中心。

魏景夏今天又精心打扮了一番,可是在二楼的音乐厅等了半天,都没等到林佐佐。他早饭没吃,肚子还有点儿饿,于是准备先去外面找点儿东西吃。

一转身,就被一股巨大的力量拉了去。

林悠悠在武术馆等了半天没见着人,很是焦急,刚一冲出门去,就看到了往电梯走去的魏景夏,她连忙三步并作两步赶了过去。

"怎么,想跑?"

"什么玩意儿?我只不过想去——"

他只不过想去吃东西而已。

"哼,别狡辩,我看你就是尿了。"说着,她强行将魏景夏拉进了武术馆。

"你不去那儿拉小提琴,你把我拽这里来干吗?"魏景夏被她弄得一头雾水。

武术馆副馆长一看到两人进来,像被摁了一个按钮一样,愁容一下就消失了,瞬间眉开眼笑。

门外早已是人声鼎沸，因为副馆长在门口张贴了海报——咏春与跆拳道的究极对决！谁才是下一个功夫之王？

许多人都慕名而来，而且听说那个男生高大帅气，而且冷若冰霜，功夫还了得，女生们更是无法抵抗这种设定，结伴过来观看。

"把我拉到这儿干吗？"魏景夏一脸茫然。

"决斗啊！那还用说？"

"决斗？"

"是啊，决斗。"林悠悠的心情突然有点低落，是啊，决斗完我们就再也没有牵绊了，更何况魏景夏有好感的是自己的姐姐，那个能演奏出美好旋律的、温文尔雅的姐姐，而不是自己，她还在奢望什么呢？

既然就要诀别，既然走到了最后一章，那就用尽全力打个漂亮的仗吧。

那一刻，悲愤化为了力量，林悠悠照着魏景夏俊俏的脸庞，突然就是一个闷声的右勾拳！这一拳险些将魏景夏的大牙打掉几颗。

魏景夏一下失去了重心，踉跄两步，颓然坐在了地上，活像个没有得到玩具的小孩子。

周围的人发出一阵哄笑。他们还以为这是武馆精心安排的小插曲呢，只有魏景夏自己知道，那一拳有多疼……

咦？不对啊，林悠悠连忙将手收回来，心里一惊，这家伙怎么反应变得这么迟钝。

"嘶——疼——"魏景夏只感到耳朵嗡嗡作响,舌尖传来一股腥味。他发现自己的整个下颚都麻了,像刚吃完一顿旷日持久的重庆火锅。

"你干吗?我昨天还请你吃饭呢,今天怎么说打人就打人啊,呜呜呜——我要回家——"他坐在地上,感觉还挺舒服的,干脆就不起来了,撒泼打滚起来。

林悠悠也蒙了,蹲下来问他:"你怎么不闪啊?"

"你出拳那么快,我怎么闪啊?"

你上次不是闪得挺快的吗?林悠悠满腹狐疑。

"那好吧,我一会儿打慢点儿。"

魏景夏被武术馆的一个学徒拉到一边,处理完伤口,又被推到了林悠悠的面前。

于是两个人按照约定好的,打起了慢动作"比武",画风极其搞笑,从武术电影变成了第八套广播体操。

林悠悠一个巨慢的扫堂腿划过魏景夏的脚边,魏景夏缓缓地一个"跳绳"动作,轻松躲过,几招过后,他觉得还挺好玩的,甚至有点膨胀,开始"反击"了,变换了一下自己街舞的招式,一个"托马斯"原地旋转飞腿把林悠悠吓了一跳,她不由得后退两步。

围观的人爆发出一阵笑声。

"停停停！"武术馆副馆长做出一个"停止"的手势。虽然他也觉得挺搞笑的，但是在武术馆里面这么瞎搞可不太合适，他宣布进入中场休息，刚刚上半场只是热身，下半场正式开始。

副馆长严厉地指责了魏景夏："你怎么变得这么——水啊？认真点好吗，小伙子，我的武馆就靠你俩拯救了。"

"什么？靠我？"魏景夏不敢相信自己的耳朵，要是个"舞馆"他还能帮上一点忙，可是自己对武术一窍不通啊，自己的哥哥倒是还会点儿咏春——这样想着，他突然听到一个熟悉的口哨声。

这是他们兄弟俩自创的口哨声，三长一短——有事儿。

他知道自己的哥哥来了，心里大喜，嘴上还不忘装一波逼。

"咳咳，"魏景夏浮夸地清了清喉咙，大声说，"刚刚我只是在逗大家呢，我可是叶问的第五代传人，一会儿我让你们见识见识我的真正实力！"

"哦，真的吗？"副馆长脸上一副喜出望外的表情。

"当然，一般人我不告诉他，你可得帮我保密，你知道的，我们这些大师，都是很低调的。"魏景夏说罢自信地甩了甩头发，冲副馆长眨了眨眼。

"哦，好，好。"

"我先去上个厕所哈。"

"你请便。"副馆长毕恭毕敬地说着，连连点头。

魏景夏说完，赶紧跑到了武馆外面，四下搜寻了一番，又听到了一阵口哨声。

"嘘——嘘——嘘——嘘！"

三长一短。

在那儿！魏景夏冲到那盆高大的发财树的后面。

果然，他看到了自己的哥哥悠闲地坐在树后面的椅子上。

"哥，快帮帮我。"

"知道了。"魏景尚抬头看了一眼自己的弟弟，眉头一皱，眼神带着一点儿怜爱，"你受伤了？"

那个女生出手怎么这么狠？不过，这也许不能怪她，她应该不知道他们双胞胎的事情。

"一点小伤，你要小心点儿，她很猛！"

"好。"魏景尚缓缓起身，椅子上留下一张报纸。

"报纸哪儿来的？"魏景夏疑惑地问道。

"路过商店的时候阿姨送的。"

"啊？为什么我路过的时候她没送啊，明明我长得跟你一样帅啊！"

魏景尚笑了，他只有面对自己弟弟的时候才会笑得如此真实。他自然没有跟弟弟说，自己在公交车上认识了商店老板的老婆，并且帮她的孩子拼好了乐高玩具。

"报纸你都不看，直接拿来垫屁股也太浪费了吧？"

"我看了。"确实,魏景尚只翻了两分钟便把上面的所有资讯都记住了。

"哎呀,差点忘了,先别说了,你赶紧帮我比完下半场吧,我要去找赵宇去了,拜拜。"

"拜——"魏景尚的第二个"拜"还没说出口,魏景夏就已经没了人影儿。

魏景尚在人们一阵窃窃私语和阴阳怪气的笑声中,走进了武术馆。

"哎呀,你终于回来了。"

"嗯。"魏景尚面无表情地回了一句。

副馆长感觉魏景尚怪怪的,但是一时间也想不明白,还是带着魏景尚来到了比赛区。

"还是按刚才那样'慢动作'来吗?"林悠悠压低声音对魏景尚说。

"不用,照常打。"魏景尚冷声应和。

"你、你确定?"

"确定。"

"哔!"

一声哨响。

魏景尚站在原地,又摆出咏春的准备姿势,手伸直,四指往自己的方向勾了勾，示意林悠悠"放马过来"。

林悠悠试探性的一个高踢腿，魏景尚右手猛地往左一击，林悠悠身体踉跄一下，她顺势以右脚着力，起身抬起左脚一个飞踢！

魏景尚连忙侧身躲过，这要是踢在脸上，怕是连颧骨都会被踢裂！

待林悠悠的右脚准备落地，他一个手刀直直地往林悠悠的腿劈去。

"嘶——"林悠悠揉了揉腿，急眼了，既生气又有点害怕。

眼前的这个人一直在防守，自己的攻势这么迅猛而密集，但是他却丝毫不慌乱，而且应对自如。

又是一阵激烈的交锋——

林悠悠心急了，出招越来越快，可是暴露的弱点也越来越多，魏景尚抓住她进攻的一个空当，借力一个猛烈的反击，将林悠悠的双手反制在身后！这时候魏景尚只要一个扫堂腿，她便会直直往地面摔去，摔个四面朝天，极其尴尬！

而魏景尚似乎也正准备这么做，就在他向后蓄力将要伸腿之际，突然一个哨响让他猛地停住了自己的动作。

副馆长笑脸盈盈地冲上台，将两人扒开。

"看来真的是打得难分难舍，两位的水平也相当接近，相信大家看得也是极其热血沸腾，我们武馆经过讨论决定，聘请两位成为我们武馆的荣誉教师，希望有兴趣的同仁可以踊跃报名学习，以后还有机会跟这两位老师'切磋切磋'哦。"

副馆长对着周围的观众朗声宣传。

还是副馆长高明，留下了悬念，还趁机吸了波粉。

"我要报名。"

"长腿欧巴是我的！"

"去死吧，他是我的。"

……

报名处瞬间就被一群魏景尚的迷妹团团围住，里三层外三层，挤挤踩踩又三层。

"副馆长，我可没说要成为什么荣誉教师。"魏景尚说。

"魏同学，我知道我不应该没问过你的意见就这么说，可是你也看到了，我们武术馆的生意一天不如一天，现在的小孩都跑去打游戏的打游戏，跳街舞的跳街舞——"

"噗——"自己的弟弟莫名躺枪，魏景尚忍不住笑了。

"你也觉得好笑吧？净整些不正经的东西，每天穿得花里胡哨衣冠不整。唉，武术没落了！你要是不答应，我不勉强你。"

魏景尚低头看一眼副馆长，一愣，这红红的眼眶分明是一副为中国武术衰败而叹息遗憾的样子，嘴上说着不勉强，要不要表现得那么委屈啊。

"……好吧。"

"你同意了？"

"嗯。特聘教师是干什么的？"

"你要愿意，一周来一次，指导一下他们就成了。"副馆长的表情瞬间喜悦无比，魏景尚不禁怀疑他是不是学过川剧变脸。

"好，我知道了，我有事先走了。"说着，他就走出了武术馆，留下一个潇洒的背影。

"啊——"

"好帅——"

"他是我的，贱人别跟我抢！"

"你个狐狸精，别破坏我跟他的感情！"

"去死吧，我打死你个白莲花。"

……

"等一下！"林悠悠在魏景尚身后喊道。

"有事？"

"哦，我就是想说——"林悠悠咬了咬下唇，说了声，"对不起。"

"就因为你打了我一拳？"魏景尚估摸着她应该是为打了弟弟一个勾拳而道歉呢。

"呃，还有另外一个更重要的原因。"

"哦？"

"对不起，我欺骗了你——你之前看到的那个拉小提琴的人，不是我，那是我的双胞胎姐姐，抱歉欺骗了你，还让你请我吃了一顿饭。"

　　一口气说完，林悠悠呼吸变得急促，突然又感到一阵巨大的悲伤，她终于鼓起勇气跟他说明情况，可是，她本该感到豁达和释怀的，为什么她会如此不舍？

　　想着想着，她流下了眼泪，直到眼泪滑落脸颊，嘴角尝到了无尽的苦涩，回味起来，仍然是苦涩。

　　爱情本就没有回甘这种东西，爱对了才会产生甜蜜，爱错了就只有痛苦，永远不会有苦尽甘来这种事情。

　　"我知道。"

　　"什么，你知道？"林悠悠的声音里带着一丝呜咽，露出惊讶的神情。

　　"对。"

　　"我也要跟你说一件事。"

　　"什么事？"

　　"我不是我弟弟。"

　　"什么鬼？"林悠悠被这句没头没脑的话说蒙了。

　　"之前请你吃饭的人不是我，是我双胞胎弟弟，被你打了一拳的也是他。"

　　"啊？"林悠悠感觉自己的智商已经不够用了，抬着头疯狂地梳理着之前发生的事。

"那第一次碰坏我杯子的是？"

"我弟。"

"跟我在二楼打架的是你吧？"

"是。"

"那跳街舞的是你弟弟咯？"

"是。"

"请我吃饭的也是你弟？"

"是。"

"原来如此，难怪——"林悠悠大拇指和食指不停摩擦着下巴，点了点头。

"我从你刚才的语气里，听出了一些事情。"

"什么事？"

"我弟弟对你姐姐有好感，而你'假扮'了你姐姐蹭了我弟弟一顿饭，还把他错认成我，打了他一顿是吧？"

"呃——大概是吧。"林悠悠嘬了嘬嘴，虽然故事是这样没错，但是他的措辞也太过分了吧？

什么叫"假扮"？还有什么叫"蹭"。啧，真难听。

"我也请你吃顿饭吧。"魏景尚冷冷地说。

"哎，为什么？"

林悠悠心里狐疑，难道有钱人都患上了一种"不请人吃饭不舒服病"？

"我弟弟整天都不着调的,认识了你们两姐妹之后,他突然变得这么殷勤,今天还穿得人模人样的,还有,他是不是还喷了香水啊?"魏景尚轻轻皱眉——这已经是他能做到的最嫌弃的表情了。

"ALLURE HOMME SPORT,运动型香水。"

"哟,功夫巨星英文还挺溜啊。"魏景尚自认为说了一个很好笑的笑话,嘴角往上一带,勉强露出一个笑容。

林悠悠知道这是一语双关的调侃,她觉得这个笑话并不好笑,于是翻了个白眼,说:"没工夫跟你瞎扯,我回学校了。"

"怎么,我弟请你吃饭你就去,我请你就不去?"

"去去去。"林悠悠刚从震惊中醒来,实在没有心情应付眼前这个冰冷严肃的家伙。

"这么勉强?你知道有多少人想要跟我一起吃饭吗?"

"不知道,也不想知道。"

"你——"魏景尚的脸上终于有了一点幅度稍大的表情,姑且称之为愠色吧。

林悠悠突然有点儿想笑,眼前这个人生气的样子还挺好玩的。

"好了,知道你长得帅,很多女孩喜欢你啦,跟你吃饭是我的荣幸。"林悠悠一脸假惺惺地说道。

"我希望你说的不是反话。"魏景尚脸都黑了。

"我不会说反话,我只会——"林悠悠一个邪笑,"反手一个波动拳!"

说罢,她抬手照着魏景尚的脸就是一拳。

"幼稚!"魏景尚张开左手一抬,稳稳地将她的拳头挡在了面前,他的手下意识地将她的拳头紧紧包住。

魏景尚掌心的温度瞬间传到了林悠悠的手上,两个人触电般同时缩手,尴尬地对望一眼。

"我们,吃、吃什么?"

"小龙虾。"魏景尚淡然道。

"好啊!我最喜欢吃小龙虾了!"林悠悠舒了口气,要是再让她吃一次西餐,真的会憋死,不仅手忙脚乱,而且得一直端着,吃得不够过瘾,要是吃海鲜,那她可就太太太开心了。

"我家就是卖海鲜的,来我家吃吧。"林悠悠又补了一句。

"真的?"

"骗你干吗?"

吃小龙虾是一件很惨烈和破坏形象的事情,美味的小龙虾,色泽艳丽,香气袭人,很容易让人吃得放飞自我、忘乎所以,这对于女生来说,可是个不小的挑战。魏景尚此举也是想小小捉弄一下林悠悠,没想到正中她下怀!

天海码头。

这天的风很大,在外面奔走的人都像是在躲避什么似的,匆匆回了家。

　　风不断地吹在林悠悠的脸上,她从来没有感到如此舒爽,那是一种由内到外的轻松,她终于不用为了那些虚无缥缈的情愫而缄默不语、言不由衷了。她这样想着,脚步也变得轻快了许多。

　　不多时,便到了林悠悠的家,她家二楼三楼住人,一楼作为门面,是自己父亲经营的一家海鲜店。

　　魏景尚抬头一看,一个略显陈旧的木制招牌,被风沙打磨得光亮圆滑,玻璃挡板里面的几个字更是显得历久弥新——"生猛海鲜"。

　　是的,就叫"生猛海鲜",当初说要开这个海鲜店的时候,林建国在跟合伙人商量一个响当当的名号,想了很多名字,但都觉得稍有欠缺。

　　"就叫'生猛海鲜'怎么样?"林建国突然灵光一闪。

　　"妙哉!"

　　"一个'生'字代表了新鲜,'猛'字又意味着质量高,有活力。"

　　于是就这么定下来了一个普通却又寓意饱满的名字。

　　"哎,UU,这位是?"林建国看着眼前这位英气逼人的男生问林悠悠。

　　至于UU这个名号的由来嘛,自然是林悠悠搞的那套二次元的东西。她让爸爸叫自己UU,叫姐姐ZZ,乍一听起来,还颇有"萌点"。

"这是我——同学，姓——"林悠悠看了魏景尚一眼。

"魏，魏景尚。叔叔您好。"魏景尚礼貌地微笑。

"魏同学，来来来，坐坐坐，UU啊，快去给同学倒茶。"

"哦。"

店里忙的时候，林悠悠跟姐姐也要帮忙打理一下，所以这些杂活儿倒也是做得顺手。

她拿出两套餐具，给魏景尚添上了茶。

不一会儿，林建国就端着一盘香喷喷的小龙虾上来了，林悠悠一看，只只个头饱满、色泽鲜艳、香气扑鼻。

林悠悠熟练地戴上手套，抓了一只大快朵颐。

"吃啊，愣着干什么——"林悠悠嘴里叼着龙虾的钳子，说话都漏风，她用嘴将小龙虾的壳撕开，一口将鲜美的虾肉扔到嘴里，无比享受地咀嚼，一根小胡须还粘在她的脸上，随着她的动作上下摇摆。

"好。"魏景尚脸上挂不住，一下子笑了。

只见魏景尚拿起一只小龙虾，双手按压其腹部，然后从上往下一捋，轻松地将小龙虾的壳拔出，然后一口咬下那块晶莹的虾肉。

林悠悠看愣了，不禁感叹：还有这种操作？

她原本觉得，积累了这么多年吃海鲜的经验，她早就是"吃小龙虾界"的佼佼者了,没想到居然被魏景尚一招击败。

于是,她开始学着魏景尚,拿起小龙虾,双手装模作样地按压其腹部,然后从上往下一捋——成功地连壳带肉一起扯掉了。

魏景尚看到此景,忽地又笑了。

他今天已经笑了几次了?他甚至觉得自己已经把今年份额的笑容都给用完了。

"哼,有什么好笑的?"林悠悠又用回自己的老方法,豪放地对小龙虾撕咬起来。

"砰!"

他们俩正埋头吃得欢时,突然旁边传来桌子被推倒的声音,紧接着是一阵乒乒乓乓摔碎东西的声音。魏景尚转头一看,一个约莫十岁的小孩半躺在地上,表情痛苦咳嗽连连,身上长了些红疹,一位妇女抱着小孩焦急万分,旁边站着一个中年男人,气得肚子都鼓了起来。

林建国闻声从厨房出来,中年男人指着他的鼻子就骂:"你们这小龙虾有毒!我儿子吃了以后一直咳嗽,而且全身出红疹!"

顿时小店瞬间议论纷纷,人人都担心自己也吃到有毒龙虾,一堆人叫嚷着要赔钱,店里瞬间乱成一团,小孩的家长一把拖住林建国哭哭啼啼。

"这位先生,某些体质的人吃了小龙虾是会引起过敏症状的,但是现在我们都不知道发生了什么,所以还是赶紧打120,把孩子送到医院比较好！"林建国连忙解释。

吃小龙虾过敏的他见得多，但是过敏得这么严重的，他还是头一回见，一时间也有些不知所措。

"哼，狡辩！什么过敏不过敏的，你们就是想抵赖，你们的小龙虾肯定不干净！"

"有的人确实是容易过敏啊——"林建国说着拿起手机，准备拨打 120。

"赔钱！"气急败坏的中年男子一把抓过他的手机，重重地砸在了地上！

第四章 伤疤

战斗可比哭泣有趣多了。

  魏景尚皱着眉，看了一眼小孩，马上看出了端倪，他连忙跑到小孩的旁边。

  "我来。"他几乎是以一种沉稳的、不容置疑的声音说道。他从那个妆容都哭花了神色慌乱的妇女手上接过小孩，双臂环绕小孩的腰腹部，一手握拳，用拇指侧顶在小孩心口与肚脐连线的中点，另一只手重叠在握拳的手上，向上向内用力挤压小孩的上腹部——这是常见的抢救被食物噎住的人的方法。

  "你在干什么？不要伤害我的军军！"

  可是这位妇女以为魏景尚在打她的孩子，发了疯似的扑到他旁边，双手揪着他的肩膀，想要把魏景尚扳倒在地上，她长长的水晶美甲扎进了魏景尚的皮肤，那里开始渗出血来。

林悠悠见状,连忙把妇女的手掰开,妇女不死心,又挣扎着朝魏景尚的背脊踢了一脚,踢得魏景尚身体一歪。

魏景尚肩上和背部的痛感传至手臂,他咬着牙重复刚才的动作,快速而有力地挤压,而后放松,这样反复了两次之后,小孩突然猛地一咳,一根小龙虾的细腿从他的嘴里吐出,落在地上,小孩瞬间就停止了咳嗽。

妇女愣了愣,连忙冲到魏景尚旁边,一把推开他,紧紧地抱住自己的孩子,用她那满是泪水和晕开的脂粉的脸,不停地蹭着自己孩子的脸。

"他刚才因为噎到食物险些窒息,你现在又把他抱这么紧,你想害死他吗?"魏景尚冷冷地看了妇女一眼。

"哼!"那个中年妇女瞪了魏景尚一眼,回过头继续安慰着自己的孩子。

魏景尚看到孩子手臂上的红疹还没消退,连忙跑到店里的冰柜里,抓了一把混合着水的冰块,跑到小孩的旁边,用冰敷在小孩手臂上的红疹处。

中年妇女一脸怀疑地看着魏景尚,可是又不好说什么,只是又从鼻子里面哼出一声。

"你的孩子不是食物中毒,只是因为小龙虾的腿卡在了喉咙,导致剧烈咳嗽,而这红疹的范围不大,所以只是轻微过敏,有可能只是因为辣椒放太多了,用冰敷一下应该就好了——不过,这只是我的个人推断,你们最好还是去医院检查一下。"

说着,他看了一眼那碟掉落在地上的小龙虾,还有周围那一片红亮的辣椒油——放那么多辣椒油,皮肤不起红疹才怪?

这时候那群在店里跟林建国争吵的客人看到这般情景都愣住了,纷纷安静下来。林悠悠跟他们解释了刚才发生的事情,风波终于解除,其他人这才长舒一口气,坐回自己的座位上议论纷纷。

那对中年夫妇极不情愿地给林建国道了歉,赔了他手机的钱,连忙拉着小孩上了一辆的士,准备去医院做个检查。

中年妇女正要将小孩子推上车后座,小孩突然挣脱她的双手,一路小跑到魏景尚的面前。

"军军,你去干什么?"中年妇女忙追了过来。

小孩的脸蛋还残留着绯红,他抬起头,眼神清澈。他认真地看着魏景尚说:"哥哥,你救了我,谢谢你!"

"不客气,这是我应该做的!"魏景尚低头抚摸着小孩稚嫩的脸。

小孩子踮着脚尖,轻轻吻了魏景尚的脸。

魏景尚愣了愣,笑着说:"快去医院吧。"

中年妇女红着脸,面带责备地拉过小孩,一路扯着上了车。

魏景尚回到出租屋的时候,已是晚上十一点钟。他掏出钥匙的时候愣了愣,他看到了坐在门口的魏景夏。

"你也喜欢她吗?"魏景夏抬头看着哥哥,眼神空洞。

"你在说什么?"

"今晚跟你一起吃饭的女孩,你喜欢她吗?"

"你在跟踪我们?"魏景尚眉头紧锁。

"你喜欢她吗?"魏景夏音调突然提高。

"你小声一点,周围的人可能都睡觉了!"魏景尚打开门,将他拉了进来。

"你喜欢她吗?"魏景夏语气已经接近哭腔了。

他知道,假如他跟哥哥同时喜欢上一个女孩,那他是不可能赢得了哥哥的,而且就算哥哥选择退出,他也会觉得那是一种施舍,他此刻只想得到哥哥否定的答案,他是如此纠结,又是如此痛苦。

"我——"

魏景尚很想回答弟弟的问题,可是他在心里小声地问自己,真的一点都不喜欢林悠悠吗?

不,她是一个如此特别的女孩,真实而勇敢。

他打算如实跟弟弟全盘托出,但是一时间太过错综复杂,他不知道从何说起。

"我知道了。"魏景夏眼眶通红,转身离开了出租屋。

偌大的房间里只听得到一声叹息。

魏景尚有时候也在想，自己连女生都难以应付，可是偏偏对林悠悠这种女生中的战斗机颇感兴趣。

难道自己是个抖M？这个可怕的想法让魏景尚不禁汗毛直立，他连忙摇摇头，从咖啡机里接了一杯特浓咖啡，一口闷进了肚子里，试图让自己镇静一些。

与此同时，林佐佐也回到了家。

北京时间二十三点十分。

林佐佐鬼鬼祟祟地打开家门，蹑手蹑脚地走进客厅——今天是周六，他们两姐妹从初中开始就会在周末的时候回家睡，一来可以跟父亲分享一周的收获和经历；二来顺便帮忙照顾一下店里周末可能面临的忙碌情况。

这一习惯一直延续到她们上大学。

林佐佐正悄悄地要往二楼走，突然"啪嗒"一声，客厅的灯亮了。

林建国坐在沙发中间，脸上透露着疲惫。

林佐佐抚着胸口，被这突如其来的亮光吓了一跳。

"爸？你怎么还不睡觉啊？"

"怎么回来得这么晚？"林建国的声音有点儿沙哑，今天在店里忙着应付那场风波，他已经筋疲力尽了，现在感觉浑身说不出的疲惫。

"爸，我已经不是小孩啦，你困了就先睡啊，刚好我学校有点儿事情要处理，就回来晚了，我都给你打过电话了啊。"

"我知道了，休息吧。"林建国默了片刻，打了个呵欠，起身往自己的房间走去。

学校能有什么事情要弄到晚上十一点？林建国虽然心里不相信，但是女儿既然不愿说，他也不好再问。

林佐佐望着父亲的身影消失在黑暗的走廊里，叹了口气，上了楼。

她打开自己房间门的时候，林悠悠从自己房间里出来了。

两姐妹的房间就挨在一块，林悠悠的房间靠里一些，在走廊的末端。

"回来啦？"林悠悠犹豫了一下，还是决定问清楚那件事。

"嗯。"

"我听说，龚子游回来了。"

林佐佐惊讶地看着妹妹，半晌没说话，眼皮渐渐耷拉下来，只是点了点头。

"你见过他了？"

"嗯。"

"你有没有问他——"

"问他做什么？"林佐佐音调突然变高。

林悠悠看到姐姐眼里满是深渊与火焰。

　　是啊，就算问了他又能怎样呢，当初龚子游随口一说，林佐佐便把它当成了约定，她的成绩完全可以进靖海大学，只是为了跟他上同一所大学，才含泪在志愿上填了秀央大学。

　　可是高中毕业的暑假，龚子游就跟人间蒸发了一样，消失在了林佐佐的世界里。

　　林佐佐本来以为，自己的眼泪已经在暑假的时候流光了，可是今天在市音乐厅的时候，她看到了龚子游，她还是输了，输得一败涂地。

　　这个人毁了一次她的人生，凭什么还要给他机会再毁第二次？

　　林佐佐为了他，已经卑微如尘，她甚至不在乎牺牲，可是她付出一切，仍未能换取龚子游的一个转身，一个笑容。

　　她只是不甘罢了。

　　有的人轻而易举就能得到的东西，有的人穷其一生都得不到。

　　今天早些时候，林佐佐回到大学生活动中心，发现自己已经没有办法再拉小提琴了！她觉得自己像是一只小鸟，飞得很累很累，低头却猛然发现，自己连最后的一片栖息地都没有了。

　　她一拿起琴弓，就会回想起那个场景，自己像个小丑一样坐在舞台中央，周围是其他选手的轻笑声，评委不停地摇头，泪水模糊双眼之前，她看到了龚子游的脸。

那个带着浅笑白衣胜雪的少年，那些曾经最温暖的笑容，如今仿佛都被时间扭曲，变成了无情的嘲笑，变成了她心里挥散不去的阴霾。

周一。

林悠悠上完公共课，草草吃过午饭后便回到寝室，掏出钥匙准备开门。

"哎，你们听说了吗，我们寝室林悠悠的姐姐林佐佐，参加省里的小提琴比赛的复赛只得了五十九分！"

"我的天哪，也太搞笑了吧。"

"听说那小提琴拉得跟杀猪似的，不知道哪来的勇气去比赛。"

"咳咳……"林悠悠用力地在门外咳嗽了一声，打开了门。

寝室另外三个人看了林悠悠一眼，悻悻地滑着电竞椅，回到了自己的座位，开始打起了"王者荣耀"。

这是一款时下很火的手机游戏，上到七旬老汉下至八岁小孩，只要拿的是智能手机，几乎都在玩这个游戏。

然而林悠悠的信条向来只有一个，那就是"生命在于运动"。当然，这运动指的是跆拳道的那种有氧运动，而不是手指运动。

"上啊，上啊，怼他！"

"搞死这个中路！"

"掩护我掩护我，哎呀！我死啦，我死啦！"

寝室一阵喧哗与哀号。

林悠悠努力让自己静下心来，上网搜集一些数据，准备做关于网站现状的市场调研。

她的专业是艺术设计，艺术设计又分为网页设计、平面设计、包装设计、室内设计、园林设计等等。她当初着实纠结了一番，选择了网页设计。

选这个专业当然是林悠悠对即将到来的又一波电子商务浪潮的高瞻远瞩，她觉得自己家的海鲜店可以结合当今的大网络时代搞个运营，然后将店铺做大做强，规模化、电子化，这样既可以获得更大市场，又能让父亲轻松一点。

可是才刚上了一周的课，她就已经深深后悔了，觉得自己应该是被蒙眼扔上了贼船。

林悠悠怀着忐忑的心情来到图书馆——万一自己连书名都看不懂呢？

这个时代的人总是有很多借口——旁人太优秀，就想着无论如何也超越不了便破罐破摔；旁人碌碌无为，更是高枕无忧大玩特玩渐渐成为其中一员，这就是许多人的"小确丧"。

但是林悠悠仿佛天生就有种反叛精神——尽管她自认读书不如姐姐，但是如果要她因为别人而降低对自己的要求，在她看来就是种懦夫行为。

高考结束后，父亲林建国以为她最多只能考个三本，他甚至连安慰的话都打好草稿了，就等着成绩出来对林悠悠噼里啪啦一顿爱的教育，如果她没考上大学也没关系，回去跟他一起打理海鲜店也是极好的。

可是林悠悠考上了秀央大学。虽然只是普通一本，但是对林悠悠来说，确实是突破了自己。

不过，也许只有她自己知道，自己能考上秀央大学的关键性原因。

龚子游。

是的，这样一个熟悉的名字，几乎占据了她们姐妹整个年少的时光。

爽朗清举，纯净美好。

林悠悠仍能想起，尽管她不愿再想起那个傍晚，龚子游、姐姐和她并排躺在沙滩上，千帆屿的风拂过他们的身体，清凉的潮水忽而没过他们的小腿，忽而又退去。

龚子游在中间，突然转过头，对林悠悠低声说了一句："其实我喜欢的人，是你。"

那一声呢喃很快就消散在了悲鸣的风里，林悠悠突然感觉身后的沙子变成一根根钉子，深深刺痛着自己的背脊。

她不知道自己该说什么、能说什么，该露出快乐、气愤、疑惑还是无奈的表情。

是恶作剧吗？林悠悠不禁想着，可是他明明跟姐姐很亲密不是吗？

人们总喜欢用"理所当然"去判断一件事情，"理所当然"的确是一个很省事的办法，可是有时也会产生不可预知的后果。

一开始人们都说龚子游跟林佐佐很般配，一个翩翩少年，一个温婉少女，简直是天作之合。

于是他们也这样"理所当然"地成了一对儿。

没人知道龚子游喜欢的是林悠悠。不仅如此，几乎所有的青春爱情故事里，很少会与这个整天挥舞着拳头的女生沾上边。

他一开始没有说清楚，他害怕说出来会伤害到林佐佐，于是一拖再拖，到他已经无法控制自己内心情感的时候，为时已晚，三个人都要为这个错误背负漫长的痛苦。

那天晚上回家之前，林佐佐问他："你打算报考什么大学？"

"秀央大学吧。"他脱口而出。

林佐佐若有所思地点了点头，转过身望着海面出神，眼泪突然就盈满了眼眶。

她有种预感。

人在爱情里本来就会变得脆弱而敏感，况且那是虚妄的爱情，是别人眼里的爱情。

她怎么会不知道龚子游喜欢的不是她呢？喜欢一个人是最藏不住的一件事。

当她拉小提琴，龚子游看她的眼里只有友情、崇拜甚至是怜爱，但唯独没有炽热的温柔的爱。

这跟他看林悠悠的眼神完全不同，那种略带悲伤的神色，遮都遮不住。

龚子游特意说了一个普通的一本，他觉得林佐佐这么优秀的人，肯定不会跟自己上同一所大学了，也只有这样能减轻一点自己的罪恶感。

因为害怕伤害，所以选择不说，以为时间和距离会将这份痛苦消磨，但是其实伤害并没有消除，它只会日积月累，在最后变得无法愈合。

可是，人们毕竟不能苛求一个十七岁的少年能说出多么绝情的话语。

于是他也"理所当然"地选择了逃避。

……

可是他现在为什么又回来了呢？他怎么还敢回来？

还要回来撕裂她们好不容易回归平静的人生？

林悠悠感到强烈的不安，她真担心自己的姐姐，姐姐高考之后就已是郁郁寡欢，这次小提琴比赛失利之后精神状态更是变得很差，她真的能够承受这一切吗？

可是，她该怎么去安慰姐姐呢？从某种角度来说，她也是伤害的另一个来源。

她也开始变得心情沉重。

每次林悠悠一难受，都会去武馆寻求情感的宣泄。

——战斗可比哭泣有趣多了。

这是林悠悠一直以来信奉的人生格言。

今天是周一，活动中心人很少。

林悠悠跟副馆长打过招呼，便自己找了个清净一点儿的角落开始训练，她的拳头和飞腿重重地落在沙包上。

一阵挥汗如雨过后，她的心情也似乎放松了不少。

在武术馆的淋浴间洗完澡换过衣服，她便准备回学校了。

下楼的时候，她又碰上了魏景尚。那个他们第一次相遇的地方。

只见魏景尚的肩膀微微耸起两坨不知名的东西，将棉质的衬衣撑出一个谜之弧度。

"你这是……垫肩？"

"这是包扎。"魏景尚冷冷地回答。

林悠悠想起上次小龙虾事件，魏景尚确实是被那个中年妇女狠狠掐了一把双肩，当时还出血了来着。

"包扎？这也包得太夸张了吧？医生是要在你肩膀上堆一座

珠穆朗玛峰吗？"

"只是为了防止伤口感染。"魏景尚绷不住笑了，无奈地摇摇头。

魏景尚从小就表情不多，对什么都是冷冷淡淡的样子，唯独遇到林悠悠，总是会绷不住生气或者笑。

"哦。"林悠悠淡然道。

"你是学网页设计的吗？"魏景尚回归平静。

"你怎么知道的？"

"这不是重点，"魏景尚看了她一眼，"你只需要回答我一个问题。"

"你说。"林悠悠用一种浮夸的口型，故意压低声音，学着魏景尚那种冰冷的语调。

魏景尚乜斜了她一眼，道："你想不想创业？"

"创业？"

"对，正好我需要一个会网页设计的。"

"可是，我才大一……"

"没关系，反正是试验期，要是你帮了倒忙加大了难度，正好可以激发我的斗志；要是你真能帮上一点儿忙，我也可以轻松一些。"

"你说什么——"林悠悠瞪着眼前这个人，抬腿就是一脚。

魏景尚抬起右手向下一个斜劈，挡住了她的脚。

"林悠悠同学，你已经不小了，不要再玩偷袭这种把戏了，好吗？"

　　林悠悠侧过头，做了一个鬼脸，最后从鼻子发出一声"哼"。

　　"你对你的老板就是这个态度？"魏景尚冷眼看着她，眉毛却不由自主地往上扬了扬。

　　"哎呀，你的眉毛居然会动！原来你的五官不是装饰啊！"

　　"你在说什么？"魏景尚皱起了眉。

　　"哟，还会皱眉头呢，真稀奇。"林悠悠说着，情不自禁伸手摸了摸那两簇逼真的"假眉毛"，这大概是魏景尚脸上活动幅度最大的一个部位了吧？

　　魏景尚像驱赶蚊子一样将林悠悠的"咸猪手"打落。

　　这时，楼梯间又出现了两个身影。

　　"夏！"魏景尚的脸色瞬间变得很阴郁，他快步往魏景夏的身边走去。

　　"魏景尚？你也在啊！"魏景夏的身后走出一个美艳高挑的女生，面带惊喜。

　　女生一双柳叶弯眉，杏脸桃腮，浅浅一笑已是美艳动人，肌肤雪白无瑕，一对芊芊玉手轻轻勾着个小巧的 CHANEL 手包。

　　"黛儿，你在这儿等我一下。"魏景夏宠溺地抬了一下女生的下巴。

　　"好。"那个被唤作黛儿的女生巧笑着，目光与魏景夏交融在一起，热情似火。

半晌，魏景夏收回炙热的目光，转过脸对着魏景尚说："哥——下周六有个冲浪聚会，你跟她一起来吧。"

"好啊。"魏景尚冷冷地看着弟弟，他倒要看看自己的弟弟能闹出什么幺蛾子。

"这是给你们的票。"魏景夏从牛仔裤的口袋里掏出两张票，塞到哥哥手里。

说罢，魏景夏便环着黛儿一起下了楼。

TO：狗男女的票。

魏景尚低头看了一眼手里两张票上用黑色签字笔写下的几个大字，脸色陡然变得难看。

"哎，他刚说什么'冲浪聚会'？这么高级还有票，让我看看——"林悠悠连忙凑了过来。

"没什么好看的！"魏景尚将手里的票揉作一团，手臂上青筋暴起。

"干吗突然这么严肃——不就是两张票嘛，既然是两张，有没有我的份啊？"

"……"

魏景尚沉吟了许久，问："你真的想去？"

"想啊，冲浪多有趣啊，我从小就爱玩水，为了这事儿还没少挨揍呢。"林悠悠自顾自地说着,脸上神采飞扬。

魏景尚张了张嘴却欲言又止,他叹了口气,抬手揉了揉太阳穴道:"那便去吧。"

"好啊好啊!"林悠悠忍不住鼓起了掌。

再说这魏景夏口中的"黛儿"是何许人也?

陆黛儿,陆氏集团董事长的千金,才来靖海学习不过一周光景,就被一票宅男在网上奉为靖海大学的校花。

时间倒回到八个小时以前——

靖海大学。

陆黛儿那天被闺蜜张萌拉去看了魏景尚跟林悠悠的"世纪大对决",喜欢上了他,但是她不好意思当面表白,于是写了一封情书,托付给了张萌。

"帮我交给魏景夏。"

"啊?你确定是给魏景夏?你不是喜欢——"张萌拿着情书,一脸的不解。

"我确定,到时候你自然就知道了。"陆黛儿淡定地说着。

"好。"

张萌在第一教学楼晃悠了半天,终于在学校广场的小花园看到了魏景夏。

她将那封信给了魏景夏。

魏景夏看完那封怪异的"情书"，会心地笑了。

除了他们俩，没人知道那信里写的是什么。

第二节课间的时候他们俩还不认识，放学的时候，他们已经挽着彼此的手臂，出双入对地在校园里面出现了。

靖海大学的凤凰花几近凋败了，地上只有残存的一些红色，随着排水沟流到了远处。这对俊男美女的CP接替了凤凰花的位置，成了靖海大学的另一道风景线。

晚上回到寝室，林悠悠给姐姐打了个电话。

"我们这周六去千帆屿吧。"

"去千帆屿干吗？"林佐佐的声音略带疲惫。

"你就当陪陪我嘛，我周末好无聊。"

……

"杀啊，哎，怎么不上啊！傻啊，站着白挨打？"

"哎，奶妈怎么不给我加血啊！"

"哎呀，又团灭了，后排怎么打不出输出啊！"

身后又传来仨室友的号叫。

突然，空气里传来一阵塑料烧焦的气味。

"你们有没有闻到奇怪的味道啊？"室友A说着，眼睛却没有离开手机屏幕。

"没有啊，可能是你的错觉吧。"室友B耸了耸肩。

林悠悠转头一看，大吃一惊。原来是室友 C 在寝室的小阳台那儿用"热得快"烧水，因为专注打游戏，水都烧干了也没想起来要拔插头，塑料桶在高温下开始融化。

　　突然，"砰"的一声，阳台插座处闪过一簇耀眼的火光，与此同时，整个寝室陡然陷入一片黑暗之中！

　　"肯定是跳闸了！"林悠悠赶紧点开手机"手电筒"模式，快步跑到门口，想要打开大门，却发现怎么拉也拉不开！她紧锁眉头低头查看门锁，门并没有被反锁，可就是怎么也拉不开！

　　另外三个人这时才反应过来，惊呼连连。

　　"妈呀，怎么回事啊？"

　　"跳闸了！"林悠悠冷静下来，对她们说，"可是门打不开！"

　　这时候塑料烧焦的气味越来越浓，呛得众人咳嗽连连。

　　"先去把窗户打开！"林悠悠示意室友 A。

　　"嗯嗯！"室友 A 跟跟跄跄地跑到阳台。

　　"哎呀——"黑暗中，室友 A 不知道被什么东西绊倒了，她挣扎着站起来推开窗户，刺骨的风猛烈地往寝室里面灌，虽然冷但是好歹呛鼻的塑胶味冲淡了不少。

　　"还是打不开吗？"

　　林悠悠又试了一次，用力地往里拽了一下，仍然没用。

　　她还是练过跆拳道的，她都尚且拉不开，余下那三个室友就更不用说了。

"我们不会是……碰到鬼了吧？"室友 B 用颤颤巍巍的声音说道。

"啊！悠悠，我怕。"刚开完窗户回来的室友 A，紧紧抓住林悠悠的手臂。

"世界上没有鬼！"林悠悠故作镇定地说。

突然又是一阵冷风吹来，风声夹杂着奇怪的悲鸣。

其他两人也聚拢过来，寝室四个女生在大门后面紧紧缩成一团，两两十指紧扣，围成一个圈，除了林悠悠还算镇定，其他三人挤在一起瑟瑟发抖。

"现在怎么办？我们要不要给宿管打电话啊？"室友 A 快哭出来了。

"先不要打。宿管来了发现跳闸，肯定会问起插座的事情，最后肯定会发现'热得快'，那时候咱们肯定都要被处分！"室友 C 赶紧说，开玩笑，这要追究起来就全是她的责任了。

"那……那我们怎么办？"

"咚咚咚——"

敲门声突然响起。

因为四人紧紧贴着门站成一团，所以这短促的敲门声差点把她们吓死。

四人连连后退。

"谁？"林悠悠对着门喊了一声。

"悠悠？我是姐姐！"门那边响起熟悉的声音。

一听是林佐佐，林悠悠立刻趴在门上，一边拍一边喊话："姐！门打不开了，快救我们出去！"

随即，门外传来一阵门把手被扭动的声音，林佐佐看样子使出了全身力气，但是门依然纹丝不动。

"打不开呀！"林佐佐拍拍门，"你们反锁了吗？"

"没有。"

"奇怪——哎，我知道了！"突然"咔嚓"一声，林佐佐喊，"悠悠，你再把插销打开！"

"好的。"林悠悠打开了插销。

"咔！"

木门被打开了一个缝隙，一道亮光映照在地板上，房间里的四个人像是得到了重生般松了一口气。

"姐，你是怎么办到的？我刚推了那么久都没推开！"

这时候其余三人也重新靠拢过来。

林佐佐从地上拾起一个插头——插头上的电线另一头连着一个吹风机，她说："刚刚门的底部被插头卡住了，你们不把它挪走，肯定推不开啊。"

"哎呀，是我吹风机的插头——"室友 B 红着脸从林佐佐手里拿过插头。

"原来是这样啊，谢谢你，悠悠姐姐！"室友 C 也是一脸的红晕。

林悠悠的三个室友都不好意思地看着林佐佐，她们上次还嘲笑了林佐佐小提琴比赛只拿了五十九分，没想到今天却被她解救了。

"不用客气，你们没事儿就好！"林佐佐淡然一笑。

"对了，姐，你怎么知道我们被关起来了，还这么大老远跑过来了？"

"我刚听到你电话里的叫声了，一开始没有在意，可是突然有种奇怪的预感，就想着你可能出事了！我就跑来了。"

"双胞胎的心电感应！"另外三人异口同声地说。

"哈哈，可能是吧。"姐妹俩同时笑了。

不过林悠悠还是不禁纳闷，姐姐学的专业是法语，她们外国语学院的女生寝室在南校区，而林悠悠她们设计艺术学院的女生寝室在西校区，两片寝室群相距足有半小时的路程。

这不过五分钟光景，姐姐就赶来了，她这是开高铁过来的吧？

"你们没事儿就好！"林佐佐乜斜了她一眼，"那我先回去了。"

"那么急着回去干吗，留下来陪我聊聊天嘛。"林悠悠拖住她。

"我今天得读完五篇法语原文的短篇小说，而且每篇还要写一千字的读后感呢。"

"你们老师也太狠了吧。"

"上了大学还不拼命学习,出了社会就得拼命找工作,懂吗?"

"知道啦,我会好好学习的!"林悠悠嘟着嘴。

林佐佐看了她一眼,转身骑上那辆共享单车,往南校的方向骑去。

"拜拜。"林佐佐回头摆了摆手,淡然一笑。

"姐姐拜拜!"林悠悠用力地挥了挥手。

望着林佐佐渐渐消失在夜色中的背影,林悠悠的心更是涌起一阵伤感。

姐姐总是这样,无论经历什么,脸上总是镇静无比,这种镇静让她感到很心疼。

凭什么,总是姐姐承担这一切?自己为什么总让姐姐收拾自己的烂摊子?林悠悠开始痛恨自己的懦弱与平凡,她无法替姐姐分担一丝一毫。

因为电闸跳了,也不知道是不是保险丝烧坏了,几个人都不知道维修,不得已还是只能如实向宿管阿姨报告了情况,室友C被扣了操行评定的分数,其余三人也被口头警告,她们寝室被取消了本年度优秀寝室的评比资格。

当晚,林悠悠躺在寝室的床上,空气里还残留着一些焦味,寝室大门传来一阵旧铁门吱吱呀呀的声音,宿管阿姨上过锁,寝室回归寂静。

林悠悠抬头,透过窗户只能看到一小方夜空,几颗星星象征性地点缀在天边。

"我要上王者!"这是室友C在说梦话,真是做梦都不忘记游戏。

"王者"是手游《王者荣耀》的最高段位,每周更新一次榜,能到达这个段位的人寥寥无几,是实力和荣誉的象征。

"我也要成为现实的王者,守护我的姐姐。"林悠悠低声说着,渐渐进入了睡眠。

翌日下午,林悠悠没课,在校园里溜达了一会儿,走到图书馆的时候她停住了脚步,望着学校的图书馆出神。

她想起昨晚的事情,又想到魏景尚跟她说过的话——"反正是试验期,要是你帮了倒忙,加大了难度正好可以激发我的斗志。"

那个家伙怎么能说出那种话?也太看不起人了吧?

"哼,我可不能让那个石膏人看不起我!"她嘀咕着,兴冲冲地往图书馆小跑过去,正巧在一楼的大厅碰到过来还书的姐姐。

林佐佐擦了擦眼睛:"悠悠?我没看错吧,你居然来图书馆啦?"

"哼,有什么奇怪的,我又不是不识字,怎么不能来了。"

林悠悠把小嘴噘得老高,上嘴唇估计能挂五十个灯笼。

"你确定你不是来图书馆看帅哥的?"林佐佐捂着嘴轻笑。

"别看不起人好吗,我也是知识分子,OK?"林悠悠翻了个白眼。

"好好好,知识分子,你们设计艺术类的书在五楼,出楼梯左拐,别等下一头扎到厕所里去了!"

"谢谢姐姐提醒!"林悠悠吐了吐舌,朝姐姐做了个鬼脸,往电梯走去。

除了在图书馆电子阅览室上了两节文件检索的课,林悠悠这是第一次正儿八经地进入图书馆看书。

她发现周围的人看她的眼神都有点儿奇怪。

林悠悠觉得他们可能是在想:哇,这个女生不仅长得好看,而且还这么爱学习!

这么不要脸地想着,以至于整个人都轻飘飘的,她脚步也变得轻快起来,走两步蹦一步,跟跳芭蕾似的。

直到她在走廊围墙铜质扶手的反光中,看到了自己头发上沾了一大片蛛网,这才反应过来他们在笑什么了,连忙伸手去扯下来。

"快看,蜘蛛精把丝吐到自己头上去了——"

"人家说不定是中国版的蜘蛛侠呢,嘻嘻。"

两个女生压低了声音在议论,她们强忍着笑意,快步从林悠悠的身边走过，钻进了旁边的楼梯间，三秒过后，整个楼梯间充斥着她俩浮夸的笑声。

气死我啦！我一定要让她们刮目相看！

林悠悠感觉浑身的血液都在沸腾，她深呼吸，努力让自己的情绪冷却下来，然后进了五楼的设计艺术类的藏书室。

进门处有一个红外线检测机器，防止有人偷偷将书带出去。进门后正对面摆着一张木桌，中档材质的红木，倒也称得上是古色古香。

桌子后面坐着一个中年妇女，戴着一副金边的眼镜，眼镜腿上还连着一条绳子，是很久以前那种防止眼镜掉落而缠上的绳子。

进门往左边走，偌大的空间是一个半开放式的自习室，设有十张桌子，每张桌子又配有四把椅子。再往里，是一排排摆满图书的高大铁架，一共十四排。

林悠悠走在左右两排书架中间的过道上，仔细看着上面贴着的小小的标签。

这些字印刷得也太小了吧？给霍比特人看的呢？林悠悠不禁在心里吐槽一番。

走了一圈，林悠悠才找到了设计艺术类的那个书架，她挑了一本《三个月从入门到精通JAVA！》，转身走了出去。

不知是为了赶什么时髦，现在的许多教程类的书籍都喜欢给人加上一个很短的期限。四天上手，三周略懂，俩月精通，一年成为神一般的存在。

煞有介事、夸夸其词，简直堪称纸质书界的传销组织。

但是人们似乎很愿意相信这些慷慨激昂的承诺，这些书的销量竟也还不错。

说得那么信誓旦旦，要是没学会给不给赔偿精神损失费啊？林悠悠心里嘀咕着。

在这个信息泛滥的时代，效率确实可以让一个人从茫茫人海里脱颖而出，但同时也有可能让一个人陷入急功近利的心境。

先拿一本看看吧。林悠悠对自己说，她也不敢打包票自己这次不是三分钟热度。

她走出书架林，来到自习室的时候，感觉到有些异样。窗外已是黑云压城，图书馆周围的园林景观都笼罩在灰蒙蒙的天青色下。她心里一惊，想着自己出门没带伞，于是准备将书借回去再看。

她夹着书来到借阅处登记，队伍已经排了十号人。

天已经黑得不成样子，感觉已经快要下雨了。

终于轮到林悠悠了，她将书放在桌子上，那个中年图书管理员翻开书本扫了条形码，冷冷道："借书证。"

林悠悠一摸口袋，口袋里空空如也。糟了！她出门的时候换了件衣服，而借书证在之前的那件衣服的口袋里。

"下一个！"图书管理员不耐烦地将林悠悠要借的书放到了

一边。

"这——"林悠悠红着脸,挪步出队列让出位置,准备把书放回书架上。

"用我的吧。"突然一个男生的声音响起。

林悠悠抬头一看,是龚子游。

"轰——"

窗外突然响起一阵惊雷!

林悠悠心里也响过一道惊雷:原来他也在秀央?原来龚子游真的报了秀央大学?

"好巧啊。"龚子游冲她笑了笑,明眸皓齿。

一别经年。

那晚的告白,呼啸的海风,尖锐的沙砾,潮涨潮落有如激荡的心跳,一切都那么清晰,宛若就发生在昨日……

林悠悠许久都不能回过神来,就那么愣愣地望着他。

龚子游从中年女人的手里接过自己的借书证,顺便把林悠悠借的那本《三个月从入门到精通JAVA!》塞到她手里。

重重的书压得她手往下一沉,林悠悠这才反应过来:"是啊,好巧。"

"快下雨了,"龚子游抬头看着窗外,"你带伞了吗?"

"没有。"林悠悠露出抱歉的表情。

"那一起吧,我也正好要回去。"

"……谢谢。"

两人快步来到电梯间,坐着电梯下了楼。

他们刚走到图书馆门口,又是一声惊雷,天空像个任性的小孩一般,"哇"的一声就大哭起来。

龚子游表情平静地撑开伞,林悠悠则红着脸站到他的身边,她不敢太过靠近,和他保持着差不多两个拳头的距离。

俩人小心翼翼地走在回寝室的路上,龚子游故意将伞往林悠悠那边多靠一点儿,而他自己的左边肩膀已经完全湿透。

林悠悠余光一直看着龚子游,她有太多的问题想要问他,可是又不知道从哪里开始说起,只得沉默着听雨滴打在雨伞上的声音。

滴答滴答,宛如时间悄然流逝,落到地上,跟污泥混为一体。

这时,林佐佐走出图书馆,她一抬头,就看到了不远处挤在同一把伞下的男生跟女生。

她认出了妹妹那身穿着,而那个背影,那个她在夏日的夜晚回忆了无数次的背影,她知道那是龚子游。

她的心被强烈的悲伤侵蚀,手失去了力气,突然就松开了握着的伞柄,任由雨水重重地打在她的脸庞,她的泪水刚挣脱眼眶,瞬间就被雨水冲走了。

他们终于,在一起了吗?

第五章 千帆

TO: 狗男女的票

手机铃声忽然响了，林悠悠合上那本《三个月从入门到精通JAVA！》，解开手机的锁屏一看，原来是之前设置的去千帆屿冲浪的备忘录提醒音。

她这样的马大哈要是不设置个备忘录，估计哪天连自己姓啥都可能会忘了。不过这也算是把双刃剑吧，负面的东西她也忘得很快。

千帆屿是禹城境内的第三大岛，因岛周围经常有船只通行，而且许多国际大赛的水上项目比赛都在这里举办过，千帆屿也因此得名。

2001年中国某地理杂志还将千帆屿评为"中国最美的城区"

第一名。

　　那一年林悠悠跟林佐佐才上小学，当然，龚子游也在。

　　三个人在午休的时候偷溜出来，林悠悠带着龚子游爬上校门口那棵低矮的杧果树去摘杧果，姐姐林佐佐就在树下替他们望风。

　　结果下来的时候，林悠悠的裤腿被树枝刮破了。

　　当晚回到家，林悠悠被父亲问起裤腿的事情，她说是自己不小心摔的，可是她哪会撒谎，一眼就被林建国看穿，逼问之下只得道出实情。

　　坦白之后，林悠悠自然遭到了林建国以及妈妈任娟的"混合双打"，打完之后还是林建国给她上了药。

　　后来姐姐问她："你为了一个不熟的杧果刮破裤子还被打了，值得吗？"

　　林悠悠想都没想，直接就回答了："值得。"

　　……

　　虽然她的记性可能不太好，但是她仍然记得那个杧果的滋味，酸得惊人；她也同样记得，那天他们三个坐在杧果树下，午后的阳光洒在脸上，他们笑得那么灿烂，好像三株永远不会凋谢的捕蝇草——那天蚊子尤其多，以至于三个人的胳膊上都挂着累累的红色"勋章"。

　　……

　　"你来啦？"魏景尚的声音打断了她的回忆。

林悠悠回过神来，看着眼前的魏景尚，他穿着白衬衫加九分牛仔裤，整个人显得极其纯粹干净，逆天大长腿更是明晃晃的。

"你穿成这样去冲浪？"

"我没说要去冲浪啊。"魏景尚耸耸肩。

"你就是魏景尚吧？"林佐佐也一起来了。

她今天穿着一件淡蓝色的T恤以及一条咖啡色的中裤，既衬出她的好身材，又不会显得过于裸露。

林悠悠昨天晚上已经跟姐姐坦白了魏景尚双胞胎的事情，林佐佐心里一直存在的疑惑也终于得到答案。

"是的，你是林佐佐？我那天见过你——"魏景尚想说见过她那天拉小提琴，但是转念一想不该提她的伤心事，于是便改口，"在公交车站。"

"原来你俩还见过面啊。"林悠悠笑了，"对了，你弟呢？"

"不知道。"一提到自己的弟弟，魏景尚忍不住叹了口气。

魏景尚将手里的门票分了她俩一人一张，三个人进景区找了家咖啡厅，喝着咖啡，有一搭没一搭地聊着天。

过了一会儿，林佐佐忽然站起来，说有点闷想要出去吹吹风，但是又执意不让林悠悠跟着。虽然林悠悠心生疑惑，却也还是尊重姐姐的要求。

林佐佐草草地跟两个人道了别便出去了。

四人的小桌上只剩下魏景尚和林悠悠，林悠悠低着头搅动咖啡。咖啡厅里一直回荡着低沉优雅的曲子，一个女声浅吟低唱，一时间两个人都没有说话，气氛一时有些尴尬。

"上次跟你说的事情，你考虑得怎么样了？"魏景尚率先打破沉默。

"我……"林悠悠很是犹豫，她想接下来，但是确实担心自己实力不够。

魏景尚欺身拿起自己的咖啡杯，淡淡道："你不反对我就当你同意了。"

"……"

这时候咖啡厅的门开了，魏景夏牵着陆黛儿的手进来了，一起进来的还有陆黛儿的闺蜜张萌。

"魏景夏？"林悠悠看清楚了进来的人。

张萌望着她奇怪地轻笑一声，直接从隔壁桌上拿了一杯饮料走到林悠悠的面前。

"哗"的一声，整杯饮料都浇到了林悠悠的头上，一股冰冷的寒意从她的头部蔓延至脸上。

"你就是林悠悠吧？之前才跟一个男生吃过饭，接着又跟另一个男生吃饭，到处蹭饭，真把自己当交际花呢？"张萌劈头盖脸地骂起来。

"你是谁？"林悠悠唰地从椅子上站起来，转身瞪着张萌。

"我是谁重要吗？重要的是让大家看清你的真面目。也不看看自己是什么货色，一下子想钓铂盛集团的两个太子，这么大胃口也不怕把你自己撑死？"张萌恶狠狠地盯着她，像看一堆垃圾。

林悠悠抿了抿嘴唇，一抹脸上的液体，道："我之所以问你叫什么名字，是因为我林悠悠从来不打无名之辈。"

话音刚落，林悠悠一拳打在了张萌的肩部，这个部位神经比较少痛感不大，所以击打的时候可以较为用力，视觉效果也会显得更强烈。

张萌应声侧倒，陆黛儿连忙过来扶住了她。

"上上次跟魏景夏去吃西餐是AA，我后来支付宝给他转了钱的。上次跟魏景尚吃饭是在我家的店，也是我出的钱！以后麻烦你调查工作能做得细致一点吗？你以为我跟你一样是那种靠男人才能生活下去的人？我林悠悠十六岁就开始打工挣钱，你有什么资格说我？嗯？"林悠悠也是第一次受到这种莫大的侮辱，一开始还冷静回嘴，但越说越觉得委屈，到后面不免有些哽咽，脸上的液体混合着眼泪，一并流到了她的鞋子上。

张萌大口地喘着气，委屈地看向陆黛儿。

陆黛儿也有点儿不知所措，本来只是想让张萌给林悠悠一个下马威，没想到她这么彪悍，一时间也愣住了。

"你——"魏景夏快步走到林悠悠旁边，死死盯住她。

林悠悠看着眼前的魏景夏，心里突然有些难过。他们前阵子还有说有笑，现在居然因为一点小小的误会站在了对立面。

其实她心里是有亏欠的，她没有一早说明姐姐的事情。因为她的一点小小的私心，甚至可以说是有点儿卑微的愿望……但是，全都被张萌这突然浇下的一杯饮料熄灭了。

"倘若我问心有愧呢？"这是《倚天屠龙记》里周芷若对张无忌说的话。

林悠悠突然想起这句话，她自己又何尝不是呢？

不是每个人都是张无忌啊，通透豁达无所畏惧，更多的人像是周芷若，爱而不得苦不堪言，只得把这一份难言的情感化作暗涌。

魏景夏抬手一个巴掌，眼看就要落在林悠悠脸上！

林悠悠难过地闭上眼，不是她行动上避不过这一掌，而是她心里避不过。她想借由这一掌让自己变得清醒——她跟魏家的这两兄弟，终究不是同一个世界的人。

魏景夏的手在空中被人突然架住，只见魏景尚死死地抓住他的手腕，神情严肃地看着他。

"哥，你为什么要护着她？"

"她不是你想的那种女生。"

魏景尚甩开弟弟的手，快速抽出几张纸巾，敛着眉头把林悠悠头上的水擦干，平静地对她说："你先去厕所处理一下吧，这边就交给我了。"

"好。"林悠悠感激地看了他一眼，转身跑进了厕所。

"你跟她很熟？你们才认识几天，为什么这么护着她？"魏景夏不满地嚷嚷。

"看清一个人，我只需要三分钟。至于我想护着谁，那是我的自由。"魏景尚云淡风轻地说。

"我会证明你是错的。"

"怎么证明？"魏景尚笑了，因为他的字典里从来没有"错"这个字。

其实魏景尚的字典缺的字还真是不少，仿佛许多负面的词语都怕他似的，纷纷绕开了他的人生，而他自己不但足够幸运，也足够努力，才能让他自信到这种近乎自负的状态，却让人完全信服。

"冲浪走一波？谁赢了谁说的为准！"魏景夏脑袋左右转了转，脖子发出"咔咔"的声音，十指交叉扭动手指关节，同样发出"咔咔"的声音。

"行！"魏景尚冷冷回应。

男生，尤其是青春期的男生，很容易将一件稀松平常的事情上升到一个奇怪的高度，更何况这还是一场"比赛"，虽然是口头上的，但是现场这么多人，输了多没面子！

两兄弟就这样各怀心事来到海边，准备进行冲浪比拼。

虽然哥俩长相差不多，但是毕竟魏景尚常年习武，所以身材比魏景夏要更结实。

魏景尚换上一运动短衣和短裤，T恤包裹着他年轻的带着清晰线条的身体，勾勒出健美的肌肉轮廓，一双大长腿站立在沙滩上，英气逼人的眼睛看着远方的海面出神，高大的背影仿佛在对世界宣告"我才是王者"。

相比之下，魏景夏就显得温和许多，他冲严肃的魏景尚笑了笑，那个笑容糅杂在阳光里，阳光洒在他小麦色的皮肤上，恰到好处的青春气息扑面而来。

两种风格，两种享受。

旁边围观的女生不停地发出"哇""哇哦"赞叹的声音，纷纷觉得这花个百十来块门票钱还看了场"模特冲浪"，真是物超所值，一时间心照不宣地和自己的闺蜜相视一笑。

千帆屿今天的风有点儿大，摇得帆船呼呼作响。

冲浪本是波利尼亚人的一项古老运动，他们的酋长是部落冲浪中技术最好的驾浪者，能使用最好的树木制造的最好冲浪板。

冲浪发展到今天，虽然称不上是全民的运动，却也有越来越多的人喜欢上它。

虽然出生在禹城，魏景尚跟魏景夏却也都只略微学过一点儿冲浪的基础知识，但是俩人气势上都没有认输，表情严肃而大无畏。

可是等到他们站在冲浪板上牵着绳子的时候，内心还是有些小紧张的。他们的身体摇摇晃晃的，动作还有点滑稽——不过这完全没有颠覆他们在少女们心中的美好形象，她们甚至还觉得这俩人有一点儿"萌"。

看多了高手之间严肃而乏味的对决，适时的来一点儿"菜鸡互啄"的戏码，倒也让人看得津津有味，最重要的是，这俩参赛选手的颜值都是不相上下的高。

有人甚至私底下打起了赌，看谁会先掉到海里面去。

魏景尚一手拽着绳子，一手打咏春。是的，你没有看错，是咏春。具体目的不明确，大概是为了显示出自己很厉害的样子吧。

魏景夏跟在他旁边，不服气地学着哥哥，一手抓着绳子，一手做着街舞动作。想法倒是挺华丽，可惜华而不实，因为要兼顾平衡，所以动作有点僵硬，看起来像是在做第八套广播体操。

周围爆发出一阵笑声。

"哈哈哈哈，这也太好笑了吧。"

"打咏春的那个好帅！"

"我觉得做广播体操的帅！"

"他俩不都长得一样吗？"

"气质不一样！"

……

魏景尚一圈回来，腿猛地一抬，姿势相当帅气，虽然没过一秒钟就落下了，晃晃悠悠着险些从冲浪板上滑出去。

魏景夏这一看，那是相当不爽，连忙也耍了个腿，是街舞的 breaking 的动作，可是重心不稳，身体一晃，"扑通"一声，摔到了水里！

一开始大家还觉得挺好笑，可是半晌也没见魏景夏浮出水面。众人这才意识到问题的严重性，全场一片慌乱。

因为安全员离得有点儿远，而且魏景夏摔得急，风浪也不小，一时间看不清那里的情况。

林悠悠见状，想都没想直接扎到了水里。

她也不知道自己那一刻是咋想的，几乎是凭本能跳下了水，她本就是海边出生，水性很好，所以不至于出现人没救着反倒把自个儿搭进去的情况。

她循着魏景夏落水的方位，快速游了过去。

这时候救生员也已经来了，魏景尚回头看到林悠悠在水里，连忙也跳下了水。

"你下水干吗？"魏景尚冲她喊着。

"我——我救魏景夏呢。"

"我的弟弟，我自己救！你先回岸上！"

"生命第一，多个人多份力量！"林悠悠知道魏景尚是在担心她，心里一阵暖意。她继续深吸一口气，一头潜到水里，四处搜寻着魏景夏的踪迹。

几番寻找，终于，她看到了魏景夏，只见他拼命挣扎着，可能是腿抽筋了，只有一条腿在扑棱。她连忙升至水面，大声通知魏景尚和救生员，一起将魏景夏救上了岸。

所幸魏景夏只是喝了点儿海水，意识还算清醒，他躺在岸上脸色有些苍白，他看着自己的哥哥和同样浑身湿透的林悠悠，不由得有点惭愧。

他对林悠悠露出一个愧疚的微笑："对不起，是我看错了你。"

林悠悠淡淡一笑，点头表示接受。

从小到大，她就一直不被周围的人理解，别的女生都在唱歌跳舞、读书画画，而她只专注于打架、打架以及打架，文雅点的说法就是醉心于武术。

但是她从来没有因为别人的眼光而改变自己，她觉得人没有必要活得那么谄媚，而且她觉得做自己挺好的。虽然她承认，有时候自己也会参考姐姐的生活方式来平衡自己，但最终还是回归自己的赤子之心。

这一份信念也一直支撑她度过了许多饱受非议的日子。所以魏景夏对她的误会其实并没有真正伤害到她。

众人这时候纷纷围了过来。

林佐佐也闻声过来了，龚子游也跟着她——原来她刚才看到龚子游了，所以才执意独自离开咖啡厅去找他。

林家两姐妹，魏家两兄弟，陆黛儿、张萌俩闺蜜，还有负心汉龚子游以及林悠悠的迷弟赵宇围成一个大圈，中间再加一个火堆，就直接可以开篝火舞会了……

场面一度十分混乱且尴尬，关键他们互相也不认识，众人面面相觑，互相猜测对方的身份。

"你怎么样了？"魏景尚最先发话了，看了看自己的弟弟。

"咳咳，没事儿。"魏景夏看了陆黛儿一眼。

陆黛儿也舒了一口气，缓缓道："没事儿就好。"

那一刻，林佐佐敏锐地感知到陆黛儿并不喜欢魏景夏。陆黛儿看魏景夏的眼神并不是寻常恋人该有的担忧和难过，反而不经意间瞟向魏景尚的眼神十分复杂且小心翼翼。

喜欢一个人是不可能没有暗涌的。尽管你可以闪躲逃避，不予回应，但是只消你看他一眼，眼神便说明一切。

被偏爱的人总是把一切看作理所当然，全然不察这平静的海面下的暗流涌动。

林佐佐也是吃透了这般苦，才换来这一番领悟，如果自己当初能早些注意到龚子游的眼神，那么也不至于落得如此狼狈的境地。

她看向龚子游，龚子游正看着浑身湿透的林悠悠，眼神里的关切像开了闸的水，简直要喷涌而出。

林悠悠打了个喷嚏，食指搓了搓鼻头，不自觉地瞟了魏景尚两眼。

魏景尚感受到了林悠悠和陆黛儿投来的两股目光，无视了两股目光交接时的刀光剑影，只是关切地拍着弟弟的后背。魏景夏身边的赵宇，倒是匆匆地瞥了眼陆黛儿身边的张萌。

为了确认没有留下什么后遗症，大伙儿决定还是带魏景夏去医院检查一下。

因为有八个人，于是他们商量用滴滴打车打了一辆五菱之光，八个人刚刚好能坐下。

赵宇在一路上死活要拜林悠悠为师，一是觉得她刚刚勇敢跳水救人，很是敬佩；二是也见识过她的武功，觉得她是个名副其实的女中豪杰。

林悠悠面对这个"中二少年"，头疼得厉害，连连拒绝。要是真摊上这么个徒弟，指不定几天就会被烦死！

"你要真想学功夫啊，找魏景尚去。"林悠悠推辞。

"为什么？"

"他的咏春打得比我好。"

"承认一个人比自己强，其实是一件挺不容易的事的，悠悠女侠，你功夫打得好，人还这么谦虚，我对你更崇拜了！"

林悠悠一瞬间快哭了："别，我担不起，你还是找魏景尚吧。"

魏景尚见林悠悠显然是想把赵宇这烂摊子撂给他,黑着一张脸插嘴:"你怎么老往我身上推啊,我很忙的好吗?"

"我也很忙啊。"林悠悠立刻反驳。

"你一大一新生,忙啥呢?"

"忙着学习啊!"林悠悠说出来后,自己都觉得有点儿好笑。那本JAVA教程的书,看了一周都没看十分之一,估计等她啃完,头发都白了。

魏景尚饶有意味地看了林悠悠一眼,道:"大妹子挺有追求的啊。"

"干吗突然用我的语气说话?"魏景夏开口了,很是不满的样子。

魏景尚一点都不心虚地回道:"调侃别人的时候,把我自己当作是你,我就会收放自如!"

"呸!哥,你这拐着弯儿骂人呢。"

"开个玩笑。"魏景尚笑着摸了摸弟弟的头。

"滚滚滚!"魏景夏打落了哥哥的手。

两兄弟就这么打打闹闹的,全然忘了刚刚惊险万分的"冲浪比拼"。

林悠悠突然觉得,他们俩这会儿还挺可爱的。

这也许便是兄弟之间的情谊吧,吵的时候像是火山撞地球,但是转过头,冷却下来,两人又好得可以穿一条裤子。

林悠悠想，魏景尚也就只有弟弟在的时候，才会显露这么随和的一面吧！他平时都跟陶渊明似的，要么归隐山野不知所终，忙着鼓捣自己的创业计划；要么冷若冰霜，拒人于千里之外。

"悠姐，你到底要不要收我做徒弟嘛？"赵宇不依不饶，还摆出一副很委屈的样子。

一个大男生居然还嘟嘴卖萌，林悠悠看了想打人。

"人家这么诚心，你就收了人家吧。"魏景尚云淡风轻地说。

林悠悠白了他一眼，心里腹诽：坐着说话不腰疼！怎么不见你把他收了？把我当法海呢，到处回收妖魔鬼怪？

但到底这些激烈的心理活动，她没敢直接说出来。

"好吧好吧。"半晌，她无奈地答应，反正也拗不过赵宇，一会儿他要再撒起娇来，自己肯定得吐在车上。

解决了拜师学艺的事情，赵宇大悦，像趁热打铁搞定了一件大事一般。

他在魏景夏耳边轻声说了自己喜欢张萌的事，魏景夏一惊，回视他，他赶紧递过去一个谄媚的笑。

此时另外几个人都在低头玩着手机，也没怎么注意听他们之间的谈话，赵宇这压低声音窃窃私语，纯属多此一举。

魏景夏扭身，拍了拍陆黛儿的肩膀。

"怎么了？"陆黛儿把眼神从手机微博里抽离出来，看向魏景夏。

"张萌有对象没?"魏景夏压低了声音说。

"啥?"陆黛儿突然扯高了嗓子。

突然所有人都抬头看了她一眼,陆黛儿不好意思地环顾了一下,摆摆手,示意他们继续玩手机,众人就又埋头看手机。

"没有啊,怎么了?"

"我兄弟对她有点儿好感。"

"谁?"陆黛儿警觉地看了眼魏景尚,发现他正专注地玩着手机,悄悄松了口气。

赵宇赶紧冲陆黛儿挤眉弄眼了一番,然后用食指指了指自己。

陆黛儿恍然大悟地笑笑,连忙用手戳了戳张萌的肩膀,这一肘不偏不倚,正好戳到了刚刚被林悠悠打了一拳的地方。

"哎哟!"张萌疼得"嗷"的一声,跟个窜天猴似的一下子蹦了起来,手机差点摔地上,她不解地看着陆黛儿,皱眉道,"黛儿,你干吗呢?"

"不好意思啊,戳到你痛处了,"陆黛儿不好意思地笑了笑,"有人想追你。"

"噗——"张萌愣了愣,捂着手臂倒抽了两口冷气,"谁?"

陆黛儿眼神往赵宇那儿移了下,赵宇连忙冲张萌眨了眨眼。

"你眼睛进沙子了?眨巴啥呢?"张萌不明白赵宇冲她眨个什么劲。

"他脑子里进沙子了,他看上你了。"陆黛儿笑。

"哦——"张萌点点头,一下子没反应过来,低头继续刷微博,突然她回味起刚刚陆黛儿的话,猛地一抬头,"啥?你刚说啥?"

"我说,他看上你了。"陆黛儿捂着嘴笑了起来。

众人刷着手机,闻到了一股子八卦的味道,纷纷抬起头来看了一眼。

"可是我还不认识他啊,我连他叫啥老家哪儿的都不知道咧。"

陆黛儿冲赵宇抬抬下巴,示意他自我介绍一番。

"我叫赵宇,来自吉林长春。"赵宇一开口,众人乐了,这一口子大碴子味儿,就算听不太清,也知道是东北那旮儿的。

张萌笑了笑,说:"我叫张萌,家系广东的。"

"哎,这对 CP 我站了啊,南北大团结嘿。"魏景夏笑着鼓起了掌。

其他人也跟着起哄,面包车里跟开新闻发布会似的,掌声雷动。

"讨厌,我还没答应呢。"张萌娇羞又窘迫地跺了跺脚。

"啊?"赵宇愣了愣,"你不愿意吗?"

张萌低头沉吟了一会儿:"我们先从朋友做起,好吗?"

"好嘞!"赵宇一蹦三尺高,"咚"的一声,头一下撞到了车顶。

"你没事吧?"张萌关切地看着赵宇。

"没事,我的头很铁,不疼,一点都不疼,嘶——"

众人忍不住笑了，再次鼓掌起哄。车里瞬间热闹起来，没有人再继续刷手机了。

到了仁心医院检查了一番，魏景夏没什么大碍，医生吩咐他要多注意休息，近期不要做剧烈运动。

一伙人放心下来，便互相道别，各回各校了。

回到秀央大学的东门，林悠悠跟姐姐分别后往西校区的寝室走去，这时候手机响了，掏出来一看，是个陌生的号码。

"你是？"

"我就是我。"对面的声音熟悉，但是这开场白很唐突。

"你神经病啊！"林悠悠气得准备挂电话。

"哎哎哎，别急着挂电话，我是龚子游啊。"

"龚子游？你怎么有我号码？"林悠悠心里忽然有股异样的感觉，她也说不上来是啥。

"我不能说。"

"那我挂了。"

"别介啊，我就是想和你说个事儿。"

"说。"

"我想追你。"

"你说什么？"

"我想追你。"龚子游以为她没听清，又重复了一遍。

"我不会答应的。挂了啊。"林悠悠被这突如其来的告白弄得手足无措,忽然升起一种百感交集的味道。

"喂!别急着挂,为什么不答应,你不喜欢我?"龚子游着急地嚷嚷。

林悠悠苦笑,这个人一走了之留下姐姐一个人,现在不仅回来毁了姐姐的人生,还要打着追求真爱的幌子追求她,他怎么能?他怎么敢?他有什么资格说这种话啊?

一句喜欢大过天?即便会伤害到别人也在所不惜?

退一万步说,就算她喜欢他也不能答应他啊,况且她很清楚现在她已经对魏景尚——得,那也是一个不该喜欢的人……

"你知道的,为了我姐,我也不能……"

龚子游急切地打断她:"可是我不喜欢她,你知道吗?"

"我知道!"林悠悠愤怒了,"但是这不是你伤害她的理由。"

"可是……这也不是我的错啊。"

是啊,爱情里本来就没有对错,只是总会有人受伤罢了。

那个什么也没有得到却最用情的人,结果往往伤得最深。

林悠悠想,也许等到人们懂得止损的时候,才真正懂得什么叫爱情吧,爱情从来就不是一句"不顾一切"便能解决的事情。

她不知道怎么去苛求龚子游体谅姐姐,只是她觉得,就她自己是过不去那道坎的。

姐姐从小到大都这般顾及她的感受,姐姐总是为她的无知和鲁莽收拾烂摊子,姐姐也同样为那段和龚子游虚妄的感情投入了全部的青春和爱。

可却什么也没有得到……

那些雨夜里姐姐跟她说的故事,姐姐跟龚子游去看的优美风景,他们遇见的有趣的人——世间很美好,虽有关风月,却无关爱情。

她感觉这次自己必须要为姐姐做点什么了,哪怕最后一切都是徒劳,她也能问心无愧。她的脑海里一直在寻找一个"最优解",能将这件事对姐姐造成的伤害降到最低,并让姐姐从中解脱,进入全新的人生。

用另一个人填补姐姐心里空出来的一块,这不失为一个可行的方案。

本来魏景夏对姐姐还颇有好感,但她还没来得及把这个消息告诉姐姐,魏景夏就跟陆黛儿好上了,果然有钱人家的公子都是这般吗?总是在很短的时间爱上一个人,又在更短的时间放弃一个人,爱上另一个人。

可是长情又未必是一件好事,比如龚子游,比如姐姐。

……

她在电话这头胡思乱想,电话那头的龚子游也大气不敢吭一声地等着她回应。

"你没错,那我姐她错了吗?她活该被你践踏,被你抛弃?"林悠悠质问他。

"佐佐她是个好女孩,是我配不上她……"

"别再说了,在我姐姐得到幸福之前,我是不会谈恋爱的。"

林悠悠觉得,自己只有说这般决绝的话,才能彻底断了龚子游的念想。

这是最坏却也是最直接有效的方法,毕竟当初就是因为龚子游没有快刀斩乱麻,所以造成了今天纠缠不清的后果啊。

林悠悠挂掉了电话,突然又一个电话打了进来。

她一看没有备注,以为还是龚子游打来的,于是一接通便不耐烦地说:"我不是跟你说了吗?我——哎,您是哪位?"

电话那头开口了,是一个中年女人的声音。

林悠悠沉默地听了许久,又"嗯"了半天,最后说:"好的,我知道了。"

挂断电话,林悠悠无助地看向夜空,月明星稀,乌鹊南飞,她觉得自己此时也像是一只茫然的小鸟,绕树三匝,无枝可依。

这个陌生的电话,让林悠悠本来就低落的情绪坠落到了更低更黑暗的世界。

第六章 相忘

世间安得双全法，不负女友不负妈。

秀央大学。

大一学期已经过半。

郁闷了一些时日，林悠悠又去了几次武馆训练，她勉强振作起来，每天都在教学楼、食堂、图书馆和寝室过着四点一线的生活，她忽然觉得自己过得还挺充实的。

这天午休了一会儿，林悠悠正准备去图书馆看书，突然接到了姐姐的电话。

"姐，什么事啊？"

"上上上，你一个'坦克'你躲我后面干吗！"室友A在怒吼。

"快来救我，我被两个人抓啦。"室友B在惊呼。

"哎呀，我又死啦。"室友C在叹息。

林悠悠勤奋的室友们,一睡醒又开始打"王者荣耀"了。

"你那边怎么那么吵呢?"林佐佐说,"我有急事找你,你找个安静点的地方。"

林悠悠拉开门走到走廊上,正巧碰上了上选修课的大军,熙熙攘攘,还不时爆发出豪放的笑声,乍一听还以为她误入了男生寝室。

"现在快上选修课了,哪还有安静的地方啊。你就直说吧。"

"好吧,那我就直说了啊,你现在 @#$%^&*#@#……"

林悠悠听到电话那头也传来一阵喧闹的声音,不禁头上闪过一堆黑线,提高了音量,说:"姐,你说啥?我听不见!"

"我说,今天 #%#@*&#%&……"

"哦哦,好的,我 *&@#$%&**#……"

"你说啥?"

"你说啥?"

"……"

"……"

两个人跟俩聋子一样打了半天电话,这才把事儿给说清楚了。

原来是今早浅海武馆来了一大群人,说是要踢馆,但是副馆长联系不上魏景尚,所以便想让林悠悠过来帮帮忙。

赵宇前阵子拜了林悠悠为师后也去了武馆学艺,正遇到踢馆这一茬,便打电话给了魏景夏,魏景夏也联系不上哥哥,等他赶过去的时候，偏巧遇到了同样在大学生活动中心的林佐佐。

　　林佐佐那会儿正躲在那棵发财树后面看着音乐教室哭呢。她也倒是不嫌累，过几天就跑那儿一趟，可是她又不能拉小提琴了，只能干哭。

　　魏景夏一把就将林佐佐拉到了武馆。他知道那是林悠悠的姐姐，可是林悠悠还在学校呢，只好将她拉过来撑撑场面——武馆门口的广告牌上，还挂着林悠悠跟魏景尚俩人的照片，顶头四个大字儿明晃晃写着：特聘导师。

　　踢馆的人似乎也听说过这俩人的事迹，于是林佐佐出现的时候，他们都以为是照片上的林悠悠，一时间也不敢造次。

　　林佐佐本以为自己就杵在那儿，当个模特站一会儿就完事儿了，但是没撑多久，踢馆的人竟提出要跟林佐佐决斗！这可不是闹着玩儿的，于是林佐佐赶紧打电话让妹妹过来，自己这边能拖多久是多久。

　　林悠悠什么都没拿，扯着自己的黑腰带就往西门走去，本想等公交车，可是左等右等没等到去活动中心的公交车，于是一咬牙一跺脚，狠下心花了十块大洋打了辆摩的，朝活动中心飞驰而去。

　　这一路火急火燎的，林悠悠都顾不上自己的发型了，任由它在风中肆意飞舞，她现在唯一关心的是姐姐怎样了。

这件事情，说到底也是因她而起，姐姐要是受伤了，她不得内疚死啊！

幸好林悠悠及时赶到了。当时林佐佐正被人群推上比武台，一看到妹妹到了门口，林佐佐连忙装作尿急的样子，借口去上厕所，快速跟林悠悠调换了过来。

魏景夏看到这熟悉的一幕，不禁笑了。几个月前他也是这样跟哥哥调换的。

林悠悠进场的时候，所有人都愣了，怎么出去的时候还是一个温柔的小女生模样，上了个厕所回来就变成披头散发的"梅超风"了？

看到众人惊诧的目光，林悠悠这才反应过来，连忙抓了抓头发，用跆拳道的黑带将长发系成一束。

动作一气呵成，甚是潇洒！

她很快便进入了竞技状态。

毕竟是跆拳道黑带高手，前两个挑战者都不是林悠悠的对手，被她轻松击败。

众人面面相觑，一时不敢上前。

这时候踢馆的队伍里突然走出来一个奇怪的人，他装模作样地戴着个黑色的面具，身上的衬衫只卷起右边的袖子，露出"飞龙在天"的文身。

面具男缓缓地揭下自己的面具。

"嗨少？"林悠悠和魏景夏异口同声，难以置信地对视了一眼。

那个曾经带队跟魏景夏进行街舞比拼的人，那个小弟被林悠悠一拳揍趴下的人，现在正轻蔑地看了林悠悠一眼。

就这一眼，林悠悠便感受到了浓浓的杀气。

他是来找自己报仇的吗？林悠悠有点疑惑，她并不知道嗨少的功夫实力如何，但是转念一下，他的喽啰们这么水，老大应该也好不到哪里去吧。

一声哨响，两人点头致意，林悠悠又是那万年的一招"突袭"，照着嗨少的脸就是一个冲拳！

手臂上纹的什么玩意儿，真丑！林悠悠一边想着一边加大了手臂力量，可是一股更大的力量挡住了她手臂的行进。

林悠悠不敢置信地看着嗨少，他居然靠手臂的力量硬是把自己的一个冲拳挡住了！

在林悠悠愣神间，嗨少突然手掌收紧，将林悠悠的拳头抓得生疼，顺势就是一个扭转……还好林悠悠反应及时，一个飞踢逼得嗨少收手，不然她可能右手就要骨折了。

林悠悠甩了甩酸疼的右手，突然意识到眼前的人可没那么好对付。

几招下来，林悠悠明显落了下风。嗨少还是留了后手的，并没有使出全力，林悠悠却也已经感到了有点力不从心了，而且真正缠斗起来，就算是纯拼体力，她也赢不了嗨少。

她不知道的是，嗨少上次目睹了她揍了自己的手下之后，回去研究了林悠悠的派系，以及暗中观察了她在武馆这几次教人的一些招式和套路后，就专门请了个武术团队，不仅有教练每天教他练习武术，还有一个庞大而专业的技术分析团队，帮他分析林悠悠和魏景尚的套路以及反击的方法。

用多年以前的一句流行语来说，那就是——流氓不可怕，就怕流氓有文化。

这一次，流氓闪亮登场，这第一场仗，就差点儿打得林悠悠失去自信。

林悠悠体力渐渐吃不消了，出拳的力度变小，数次被嗨少轻而易举地躲过，而且随着体力的透支，她的反应也越来越慢。

踢馆的队伍见状，纷纷窃喜，这些笑声传到林悠悠的耳朵里，越发让她心急如焚，她第一次怀疑自己是不是真的是习武之人。

好不容易拖到了中场休息，可是谁都看得出来，从局面来说，林悠悠败局已定。

嗨少轻轻哼了一声，露出狡黠的轻蔑笑容，汗水顺着他的脖子往下淌。

林悠悠大喘着气，失神地坐在椅子上，任由冰冷的水浇在她的头顶。

　　哨声响起，林悠悠一撑大腿准备再次上场，就算输也要坚持打完！她很气愤和不甘，可是谁让自己技不如人呢？

　　"我来了！"

　　那个在林悠悠耳朵里宛如救世主一般的声音突然响起，像是耶路撒冷的钟声一般，激荡着林悠悠濒临崩溃的心。

　　林悠悠闻声缓缓抬头，果然看到了魏景尚。她安静又崇拜地坐在椅子上，仰望魏景尚冷峻的脸。

　　应该是跑来的缘故，魏景尚轻轻喘着气，刀片般锋利的嘴巴紧闭着，高挺的鼻梁上是一双深邃的眼睛，眨眼的时候长长的睫毛扑棱着，一双星眉斜飞入鬓。

　　林悠悠看着他，面带愧疚。

　　"拉黑我号码的事情，我们待会儿再算账！"魏景尚随手将外套脱下扔给林悠悠，同时扔过来的还有这句话。

　　他说完眼都不带眨一下，便翻身上了比武台。嗨少倒也一副硬骨头的模样一点也不虚地站立在台上。

　　一开始，嗨少凭借自己对魏景尚招式的研究，连续破了他好几招。

　　林悠悠心里大呼不好，她算是看出来了，嗨少肯定是研究过他们的套路，反击做得如此迅速而有力，若不是提前有所准备，打死她都不相信这是嗨少的临场发挥。

魏景尚也感觉到了不对劲，这时候嗨少突然发起了猛攻，不给魏景尚思考的机会。

魏景尚抬手一挡，右臂吃了嗨少一拳，一阵钝痛在他手臂处爆裂，他不禁皱起了眉，额头开始冒出豆大的汗珠。

不好！林悠悠看在眼里，急在心里，早知道自己就少撸几条代码，多练练自己的跆拳道了，这样也不至于变成现在这般情形。

"我哥他一定会赢的。"魏景夏拍了拍她的肩膀，示意她放宽心。

"嗯。"林悠悠虽然感到不安，但也只得点了点头。

魏景尚趁嗨少正得意的当头，突然一个寸拳向他打去，嗨少哼笑一声，迅速出掌护在胸前准备阻挡，没想到魏景夏的拳势突然改变了方向，一拳打在了嗨少的肚子上。

嗨少吃疼，捂着肚子后退了两步。

一个精妙的假动作！林悠悠心里一喜。

嗨少因为了解魏景尚，所以一开始占了上风，可是这种"经验"同时也让他对自己的判断过于自信，于是技巧有余而变通不足。

魏景尚利用他的这个弱点，连连发力，不给嗨少一丝一毫喘息的机会，打得他节节败退。

最后嗨少不得已认了输，武馆也解除了这次"踢馆危机"。

嗨少撂下一句狠话："我还会再回来的！"随即带着大队人马又杀气腾腾地离开了。

"瞧这家伙说话，跟灰太狼似的。"林悠悠笑了，突然想起来什么似的，忙说，"哎呀，不跟你们说了，我先溜了。"

她对姐姐和魏景夏做了一个偷溜的手势。

看到魏景尚冲她走过来，她连忙跑出了武馆，没跑几步，她便感觉自己衣领被人拎住了，跑不动步伐了。

"往哪儿跑呢？"魏景尚跟拎一只猫似的，抓着林悠悠的衣领把她提溜起来。

"你干吗，放开我！"林悠悠用力拍着那只魔爪。

"说，为什么拉黑我的号码？"魏景尚皱眉，瞪着她。

"我不说。"林悠悠将头扭到一边。

"快说！"魏景尚又用另一只手把她的脸转了过来。

"别闹！都快二十岁的人了，成熟点儿行吗？"

"你随随便便拉黑别人号码，就是成熟的体现吗？嗯？"魏景尚提高了音量。

林悠悠还是第一次听到魏景尚用这么高的分贝说话。

"我不随便好吗？"

"噗——"魏景尚绷不住了，差点儿笑出声。

"我是说，我没有随便拉黑你号码，我是深思熟虑之后，拉黑了你的号码。"

"为什么？"

"我不能告诉你。"

"是景夏让你这么做的？"魏景尚眉头皱得更深了。

"哎哎哎，我啥都没做啊，怎么站着也躺枪啊。"魏景夏满腹委屈地过来。

魏景尚抬眼冷冷扫了魏景夏一眼，示意他噤声，随即又转向林悠悠："再说了，你就算看我不爽，你直接拉黑不就完了吗？你还标记我为黑中介？也不知道是谁那么损，居然还有上百号人跟风标记了我，我刚一给人打电话，别人就挂了，还好我一同学看到了告诉了我，要不然我还蒙在鼓里呢。"

"好像是我按错了吧……对不起，是我自己的问题，行了吧？"林悠悠边做出投降的手势，边一把抓过姐姐的手，往电梯快步溜过去。

等魏景尚追到电梯口的时候，电梯已经被林悠悠按着关门键正好关上。

电梯里只有她们俩姐妹，林悠悠呼地舒了一口气。

"你们俩，怎么了？"林佐佐好奇地问道。

"没什么。"

"几个月前你不是还跟他关系挺好的吗，怎么冲浪回来你就跟变了个人似的？"

"唉，别提了，还不是因为那通电话。"

"哪通电话？"

林悠悠将冲浪回去那晚接到的那通陌生电话跟姐姐说了。

"所以啊,我们本不是同一类人,所以还是不要见面为好,免得再横生枝节。"

"不是同一类人不能在一块,可是同一类人就能在一块了吗?"林佐佐像是在对妹妹说,又像是在自言自语,带着否定和自我嘲讽。

电梯轿厢里,三面的铝板都倒映着林佐佐略带哀伤的神色,仿佛下一秒就要开始唱起《蝴蝶夫人》的选段了。

林悠悠知道她说的是龚子游。

电梯门一打开,她们俩在一楼的大厅里碰见了龚子游。

这家伙,还真是阴魂不散啊。林悠悠扶额,叹了口气。

"原来你们真在这儿啊?"龚子游一脸惊喜地迎上来。

"你来干什么?"林悠悠生气地说。

"我……我这几个月打你电话也打不通,我也没好意思问你姐,我……"

"你想说什么?有屁快放,放完了我跟我姐好跑路。"林悠悠没好气。

龚子游愧疚地看着林佐佐说:"佐佐对不起,其实,我一直喜欢的是——"

"住嘴!"林悠悠厉声打断他。

"没事的,让他说吧。"话音未落,林佐佐像是忽然站不稳,身子一软，往一旁倒去。

林悠悠连忙扶住她："姐，你怎么了？你不要吓我！"

"佐佐？"龚子游连忙过去，伸手探了探林佐佐的鼻息，还好只是昏迷，生命体征没有消失。

"愣着干什么？赶紧打电话叫救护车啊！"林悠悠踢了龚子游一脚。

"哦，马上，马上！"

这时候魏家两兄弟走楼梯也下到了一楼，看到这一幕，连忙跑过来查看情况。

"她怎么了？"魏景夏问。

"不知道，忽然就晕了……"林悠悠也不知道是什么情况。

"救护车一会儿就到。"龚子游放下电话，对他们说。

"肯定是让你给气晕了！"林悠悠生气地对龚子游怒目而视。

"我觉得，我们还是自己打车，直接送她到医院比较快！"魏景尚说话了。

"嗯嗯。"

的士一到医院，他们赶紧下了车，匆匆忙忙把林佐佐送到了急诊部去，医生诊断了一番，简单地处理了一下，一个短发的护士便将她转移到了普通病房。

"医生，我姐她没事儿吧？"

"没什么大碍,"医生摘下了口罩,"只是因为低血糖造成的突发性昏迷。"

"低血糖?"

"对,病人最近是不是有类似绝食的经历?"

"这,我也不知道。我跟我姐平时也不住一块儿,上课也是分开上的,只有周末的时候我们会回一趟家,我也没发现她有什么异样。"

"陈医生,53号床的病人醒了。"短发护士在门口轻叩门板提醒医生。

众人一听,连忙快步朝林佐佐的病房走了过去。

53号。红色的数字拓印在铝制的病床号牌上,牌子下面,洁白的病床上,躺着一个苍白的女生。

几个人还是头一回看到这般跟病床融为一体的病人,仿佛林佐佐就是从白色的床单上长出来的一样。

她乌黑的长发像墨水一般在床上静静铺展开,眼皮轻轻颤抖,脸上没有一点儿血色,加上本身皮肤就白皙光滑,像一个睡美人躺在病床上。

她挣扎了好一会儿,才又将眼皮撑开了。

"姐,你醒啦?感觉怎么样,有没有哪儿不舒服?"林悠悠赶紧凑过去。

林佐佐的声音还带着虚弱:"只是觉得有点累,我刚刚怎么了?"她挣扎着想抬起头,可是使不上力气。

"你刚刚晕倒了!医生说,是因为低血糖,你在学校都不吃饭的吗?"

"可能有时候忘了吧。"

林悠悠像炸毛的猫一下子从病床边蹦起来,严肃道:"忘了?姐,这个理由我给你满分。吃饭这么重要的事情也能忘?你真要把我吓死?"

"我没事,一时半会儿还死不了。"随后,林佐佐看了龚子游一眼。

龚子游连忙低头看着地板,闪躲着她的眼神。

林佐佐用力撑着床想坐起来。

"姐,你慢点,别摔着,我来帮你!"林悠悠连忙扶着她坐起,突然她眼尖地看到姐姐手腕处的异样。

她一把抓过林佐佐的手臂,皱眉问道:"姐,你的手怎么回事,是不是有谁欺负你了?"

林佐佐用力想把手抽回来,奈何力气太小,她闪躲道:"没有。"

"那这手臂上的伤怎么回事?"林悠悠将姐姐病服的袖子往上拉了拉,只见那嫩如葱白的手上遍布着大大小小的瘀青!

众人看得心惊肉跳,魏景尚两兄弟也面面相觑。

"这是谁弄的,看我不揍死他!"

"我自己弄的。"

"姐,你逗我玩呢?"

"我没说笑。"

"你没事儿揍自己干什么呢?"

"我这是在学——"

"学什么?"林悠悠直勾勾地盯着她。

"跆、跆拳道。"林佐佐的声音很轻。

"什么?你在学跆拳道?"林悠悠的声音回荡在整个病房里。

"你小点儿声。"

"不是,姐,你学这干吗啊?再说,你上哪儿学的啊,怎么连个保护措施都没有啊,你都伤成皮皮虾了。"

"网上学的啊。"

"合着你是自学啊?"

"自学怎么了,人家老师说了,十天包学会跆拳道!"

"别人就这么随口一说,你还真就听进心里去啊?再说了你学这个干吗?"

"我觉得,练练跆拳道,也许能让自己看起来阳光一点。"

……

是啊,龚子游不就喜欢阳光活泼的林悠悠吗?那么自己变得更像自己的妹妹,龚子游是不是也会渐渐喜欢上自己呢?

其实她心里是知道答案的,她只是想努力一把,再告诉自己这样是行不通了，好让自己彻底断了所有的遐想。

有人问而得不到答案，于是放弃了；有人得到了答案，却仍然还在不停地问；有人问了十万次，于是写下了《十万个为什么》。

这世上，许多东西本来就是无解的。就像是一道永远也配不平的化学方程式，一头是爱情，一头是追求爱情的人。

林悠悠心疼地望着她的傻姐姐，心尖一阵酸楚，她不知道该怎么说话了，鼻尖只觉得无比酸胀难受。

"我觉得你挺阳光的啊。"魏景夏突然开口，"你拉小提琴的时候，我觉得你挺快乐的。"

见众人一副一头雾水不知道他说啥的样子，魏景尚赶紧帮弟弟解释了一番："他大概是想说，你姐在拉圣桑的《b小调第三小提琴协奏曲》的时候，表现得很快乐。"

林佐佐的眼里突然闪过一丝失落。

魏景尚自觉失言，他觉得自己不应该再提林佐佐的伤心事的。

"圣桑是啥？我只听过桑葚，还挺好吃的。"林悠悠抓抓头发。

众人扑哧笑作一团，最后还是林悠悠机智地自己解除了尴尬的气氛。

魏景尚看着眼前这个古灵精怪的女孩，平时插科打诨的，关键时刻还是挺有灵性的，他觉得自己好像越来越喜欢和她在一起的感觉了。

这时候，医生过来要求他们保持安静，而且探视时间也到了，他们可以先回去，让病人打完这一瓶葡萄糖，好好休息一下，下午估计就可以出院了。

众人跟林佐佐道了别，走出了病房。魏景夏走在队伍的最后，末了还不舍地回头看了林佐佐一眼。

林佐佐也正好对上了那个目光，煞白的脸上忽然有了一丝淡淡的绯红。

林悠悠准备先搭乘公交车回学校，下午再回来接姐姐出院。

"悠悠，等等我。"

她的身后响起了龚子游的声音。

"你走开，我不想见到你。"

"悠悠——"

"啪！"林悠悠反手给了龚子游一巴掌。

"我说了，我不想见到你！"

"悠悠，高中毕业以后，我没有一天不在想你，见不到你，我快要疯掉了！"

"那我姐姐呢？她又何尝不是天天都活在痛苦里。"

"那你呢？你到底喜不喜欢我，你自己的幸福呢？你有没有……"

一个干净的声音插进来："她的幸福在这儿！"

说话的是魏景尚,他身后还跟着他弟弟。

"我们俩在一起了,所以,你别再缠着她了。"魏景尚走到她身边,一把搂过她的肩膀。

"我不信!"龚子游瞪大了眼睛,求证般地看着林悠悠。

"不信?"魏景尚哼笑一声,低下头,蜻蜓点水般,飞快地在她右边的脸颊留下了一吻。

林悠悠愣住了,龚子游也愣住了。

"你自己先回去吧。"魏景尚回头对弟弟说。

魏景夏见状,虽然心里一万个不愿意和震惊,但他是多么懂他哥,所以他没有多话地自己离开了。

"我——"林悠悠仍是一脸震惊,她看着魏景尚那云淡风轻的样子,甚至都不知道自己该说什么了。

见她这种下一秒就要揭穿真相的表情,魏景尚不由分说地抓着她的手臂,将她拖上了一辆公交车。

龚子游失魂落魄地站在原地,待公交车开走后,他才像是忽然回过神来拔足狂追。公交车已经越来越远,只剩下他的身影一点点地缩小在远远的街道上。

林佐佐忽然眼泪就冲出眼眶,她自己也不知道是为什么?

如释重负地告别了一场曾经的心动?还是心底隐隐还有别的期待?

待眼泪刷过脸庞,她赶紧伸手擦掉,沉默地低下头。

头顶有个声音洒下:"不好意思,刚才只想着帮你解围,现在回想起来,可能还有更好的办法。"

"没事。"林悠悠勉强地冲魏景尚笑笑。

这样也好,姐姐就不会再受到更多的伤害了。

"你也有你自己的苦衷吧?"魏景尚看着她,眼里满是温柔。

"苦衷说不上来,只是有点过不去自己的那道坎儿。"

"你想跟我说说你的故事吗?"

"你想听吗?"

魏景尚点了点头。

他的这种冷静,让林悠悠有些恍惚,她觉得,这个人值得信任。

她将高考后发生的故事都跟魏景尚说了——海风,告白,沙砾,以及不辞而别。

魏景尚久久地注视着她的眼睛,那眼里的亮光,让一直置身于阴暗潮湿的隧道中的林悠悠,仿佛找到了出口。

"让我来拯救你吧。"魏景尚沉吟了半晌,缓缓道。

林悠悠看着他的眼睛,心底燃起一簇火苗,可是倏忽又熄灭了。

"魏景尚,我很感激你为我做的一切,真的非常感谢你,可是,我不能跟你在一起。"

"为什么?"

"我不想回答，你能别问了吗？"林悠悠抬起头，已是满脸泪痕。

魏景尚叹了口气，对她说："是不是我妈找过你了？"

"我——"

是啊，魏景尚这么聪明，他又怎么会什么都不知道呢？

"你什么时候也变成这种畏首畏尾的女生了呢？当初当着那么多人的面还敢跟我打架来着，现在你怎么变成一碰到问题就缩回壳里的人了呢？"

"可她是你妈妈啊，我能怎么办，我跟她也打一架吗？"

"就算是我妈，她也没有权利干涉我的感情。"

"我不想跟你说。"林悠悠抹了把眼泪，车到站了，她转身下了公交车，下车的一瞬间，她再次泪如雨下。

她知道，自己不应该再去打扰魏景尚。

既然可预见到悲惨的结果，那么相恋于尘世，不如相忘于江湖。

时间倒流，回到几个月前，从千帆屿回来的那天晚上。

林悠悠挂断了龚子游的电话之后，接到了自称是魏景尚母亲的电话。

"请你离开我的儿子。"电话那头是个中年女人的声音，冷冰冰的。

"您是？"

"我是魏景尚的妈妈。"

"我想您误会了，我跟魏景尚只是朋友——"

"朋友？哼，就因为你，我家景尚的肩膀被人抓破了，还缝了针！景夏更是险些遇难。我不管你们之间发生了什么，我仅以一个母亲的角度请求你，不要再缠着他们了好吗？"

"我……我知道了。"

林悠悠心里被巨大的悲伤包围着，这要是在平时，她能想出一千句一万句话反驳魏妈妈的话。

可是她说不出口，她不知道该怎么拒绝一个母亲的请求。

她选择了妥协，将自己缩回了那个可笑的、丑陋的硬壳里。

没有电视剧里那般，还要对方掏出一张写着个1后面跟无数个0的支票，或者打几个响亮的耳光才能将她逼得让步。

只需要母亲这一个身份，就能让她离开。

她不是没有那种对抗长辈和强权的勇气，只是，她觉得自己不应该让魏景尚陷入两难的抉择。

世间安得双全法，不负女友不负妈。

更何况她还不是魏景尚的女友。

林悠悠叹了口气，商榷之下，她拉黑了魏景尚的号码，虽然手一抖，不小心按到了标记为黑中介。

林悠悠感到浑身无比燥热，她回过神，马路上几乎没有几个行人，偶尔匆匆几个路人擦肩而过，也都诧异地看着这个在炽热阳光下散步的女孩。

柏油路被晒得炙热，散发出一股难闻的气味，正午的阳光照得林悠悠一阵头晕目眩。

"你别走啊！咱们话还没说完呢。"

林悠悠的身后响起魏景尚的声音。

她回头一看，魏景尚骑着一辆共享单车左摇右晃地紧跟着她，他高大的身材骑在单薄的单车上，有种莫名的喜感。

林悠悠憋住笑，强行摆出严肃的表情："我们已经没什么好谈的了。"

说着，她便跑了起来。

"哎哎哎，别跑啊！"魏景尚见状，连忙用力蹬着车想要追上林悠悠，突然后轮硌到了一块小石子，他连人带车摔到了人行道上。

林悠悠闻声回头一看，心里一咯噔，转身连忙往回跑。

"你怎么了？不会骑车就不要骑好吗？真心疼这辆单车。"

"嘶——"魏景尚扶着腰挣扎着站了起来，右手拂了拂衣角的尘土。

"没事吧？没事我走了。"

"你能不能不这样？"

"我怎么了？快看看有没有受伤，别等下你妈又打电话过来骂我——"

"我……我会处理好这件事的，给我点时间好吗？"

林悠悠抬头看了看天空，阳光依然炽烈而刺眼，她缓缓道："再说吧。"

说完，她咬咬唇转身要走。

"哎，你好歹把我手机号码加回去吧？"

"不用了，有事漂流瓶联系吧。"林悠悠头也未回地摆了摆手，快步往前走去。

魏景尚找了个药店买了点跌打药，简单处理了一下伤口之后便回了家。

他不知道的是，等待他的事情远远没有那么简单。

一进门，魏景尚便看到了陆黛儿正坐在他们家客厅的沙发上。

"哥，你回来啦？"魏景夏扬起狡黠的笑容。

魏景尚皱了皱眉，一把将弟弟扯到一边，轻斥道："你怎么把陆黛儿带回家来了？你俩才交往几天啊？"

"哥，你错了，陆黛儿这次不是冲着我来的。"魏景夏一脸轻松又得意。

"什么？"

"她喜欢的是你。"

"怎么可能！"

魏景夏从兜里掏出一封书信——正是当初陆黛儿写给魏景尚的那封"情书"。

书信里面写了陆黛儿如何如何喜欢魏景尚，以及她会怎样帮助魏景夏得到林悠悠。所以他们才会假装成为情侣，策划了这一切，最后魏景夏得以明目张胆地追求林悠悠，而陆黛儿也可以接近魏景尚，实现双赢，可以说是很完美的一个计划了。

"不过，计划发生了偏差，一开始我不知道佐佐跟悠悠她们是两姐妹，我喜欢的从来只有林佐佐。至于林悠悠嘛，她碰巧牺牲了，我也没办法。"

"荒唐！"魏景尚右手用力地将那封书信捏成一团，扭头就走。

魏景夏一伸手抓住他，表情难得严肃："哥，你以后可是铂盛的继承人，你就算再喜欢林悠悠，母亲也不可能同意你们交往的，所以，趁早帮你断了也好，免得你胡思乱想。"

"你——"魏景尚不满地皱眉。

"没事儿，这不有一个更好的摆在你面前吗？"说着，他看了看沙发上的陆黛儿，"陆氏集团的千金，跟你可是绝配啊，哥。"他拍了拍哥哥的肩膀，转身上了房间。

"你这种行为真让我恶心。"魏景尚对着弟弟的背影说。

魏景夏在楼梯上，头也没回，只是摆了摆手。

第七章 秘密

爱一个姑娘,总要为她打一场架。

寒假对于外地的学生来说,可能意味着打雪仗、窝被窝。

但是对于禹城的学生来说,寒假只是又一个超长的假期而已。

全球气温变暖,本来冬天就已经不太像冬天了,加上福建省在南方且靠海,西伯利亚寒流还没吹过秦岭淮河呢,就已经萎靡不振了。

匆匆过完年,秀央大学许多本地的学生都选择了出去旅游,好沾染一些"冬天的气息"。

林家两姐妹就没有这么好的兴致,因为她们跟林建国闹翻了。

那天是农历正月初五,林建国带着两个女儿去自己三姑家拜完年回来,林悠悠两手捧着一只纸箱,纸箱里是三姑自家养的土鸡,每隔几秒,那只鸡就会扑棱几下翅膀,让苍天知道它不认输。

林悠悠就跟捧着颗定时炸弹似的,一路走得小心翼翼。

林佐佐也好不到哪里去,她左手提着一个大冬瓜,右手拿着两根山药,瘦弱的她走路都没法儿走直线,跟喝醉酒了似的踉踉跄跄。

"唉,姐,我知道怎么帮你重新恢复拉小提琴的勇气了。"林悠悠突然转过脸,神神秘秘地对姐姐说。

"你说什么?"林佐佐疑惑地看着妹妹,抬手用手背擦了擦汗。

林悠悠把姐姐拉到一边,放下手里装着鸡的盒子,说:"来来来,把你手里拿的东西给我。"

林佐佐不解地把手里的冬瓜和山药递给了妹妹。

"你看啊,就像这样——"林悠悠费力地将冬瓜托到自己的左肩上,然后右手拿起山药在冬瓜上面快速地锯了两下,挑了挑眉道,"是不是很像拉小提琴?"

林佐佐此刻非常想说,一点都不像,但还是无奈地点了点头。

"姐,你就照我这个方法练,说不定过几天你就不怕拉小提琴了!来来来,快试试——"

林悠悠说着,把冬瓜递到姐姐面前。

"不要了吧——"

"哎呀,你就试试嘛,万一可行呢?你难道打算一辈子都不拉小提琴啦?"

"唉，好吧。"

林佐佐无奈地接过冬瓜和山药，林悠悠协助她摆好了架势，她闭起眼，又找回了那个熟悉的感觉，可是当她拿着山药的手一抬，她又想起了那个情景，明晃晃的灯光照得她无处遁形，她又听到了嘲笑叹息，泪水又猛地翻腾在眼眶。

还有龚子游那张熟悉的脸，渐渐变得狰狞，仿佛一个梦魇猛地朝她袭来！

她大叫一声，连忙将手里的东西丢了出去。

冬瓜砸在地上，滚落到了一个小水塘里去了，山药碎成几截儿，散落在地上。

林建国走了一会儿发现不对劲，连忙回头找两个女儿，然后便看到这狼藉的一幕。

"你们怎么搞的？净糟蹋粮食！"林建国卷起裤管，冲到水塘里将冬瓜捞起来，然后让姐妹俩捡起地上的山药，甩了甩脚上的泥土，气呼呼地上了自己那辆西雅特。

回去的路上，林建国对两个女儿进行了长达两个小时的"爱的教育"，确保她们清楚地知道食物来之不易，一定要好好珍惜。

要说林建国也挺可怜的，他老婆任娟五年前就去世了，还有一个老丈母娘，丈母娘由任娟的大嫂在照顾，林建国每个月会寄些钱过去，自己经营着一家小海鲜店同时还供俩孩子上大学，实在是有些压力过重。

林建国越想越觉得有点烦闷,他希望能让林悠悠以后留在禹城,在当地找个好人家嫁了,一方面偶尔还能回来帮忙照看一下店子,另一方面亲戚这边也好有个照应。

"UU啊,你是学什么专业来着?"晚上吃饭的时候,林建国冷不丁地看向林悠悠。

"爸,"林悠悠嘟着嘴不满,"我学的网页设计。"

"哦,网页设计啊,"林建国似懂非懂地点点头,"是干什么的?"

林佐佐捂着嘴偷笑出声。

"就是……就是设计网页啊!"林悠悠一时间也不知道怎么解释。

"不如你毕业回来跟我卖海鲜吧。"

"什么?"

"卖海鲜多挣钱啊,你搞那个什么设计网页,听着就不靠谱。"

"我不!"林悠悠急了。

"你怎么这么任性呢?卖海鲜有什么不好?我不是卖海鲜把你们养这么大?"

"可是,我不想跟你过一样的人生,糟糕透了。"

"林悠悠!"林建国怒得把筷子重重砸在桌上。

"我吃饱了。"林悠悠重重地放下筷子,"我出去走走。"

随即,她红着眼快步走出了家门。

"你!"林建国噌地站起来,他突然感觉胸有点儿发闷,下意识地捂住胸口,额头滴下豆大的汗珠。

"爸,你没事吧?"林佐佐看着林建国越来越苍白的脸,登时吓得从座位上跳起来。

"我没——"话音未落,林建国应声倒地。

入夜了,街上很冷清,只有路灯上挂着的几个灯笼和中国结,勉强能看得出来是在过年。

林悠悠已经记不清自己在街上走了多久,可是她还是没有从刚刚的争吵里缓过神来,垂着头边走边踢着路上的碎石。

"砰!"

脚边突然响起一个爆裂的声音,吓得她往旁边大跳一步,不远处几个小孩正在嬉笑。

那是一种被称之为"火柴炮"的东西,长条形,点燃机制类似火柴,在盒子的侧面一划,火光一闪,往外一扔,两秒左右之后便能听到较大的响声以及路人的尖叫。

这一带的小孩都很喜欢买这种玩意儿,现在的年大抵也只有小孩子过得最欢乐了吧。

林悠悠被吓了一跳后,忙跑了几步,远离那群恶作剧的小孩。

前面就是一个转角,她并没有注意到右前方会突然冲出来一个人，于是跟那人撞了个满怀。

一股油腻的气味袭来，林悠悠不由得往后退了一步，看清了自己撞的是一个壮汉。那壮汉面露愠色，黝黑的肌肤在路灯下竟然有些反光，脖子上戴着一条亮闪闪的大金链子，上半身只着一件白色背心，肩上的文身和一道十厘米长的疤痕很是晃眼。

"不好意思。"林悠悠看着眼前的壮汉，心头闪过一丝不安。她连忙道歉并欠身准备换个方向离开。

"撞了人就想走了？"拐角又出来一个高个子，他扬声挡住林悠悠。

高个子估摸着得有一米九五以上，像一座山一样挡在林悠悠的面前，

"你们、你们想怎么样？"

"你撞了我们涛哥，怎么的，也得好好'补偿补偿'吧？"

高个子露出了猥琐的笑容，一口大黄牙看得林悠悠胃里一阵不舒服。

"呕——"林悠悠一张嘴，吐了高个子一鞋的污秽物。

"哎哎哎，这怎么还使用上生化武器了啊！小妹妹，我看你是活腻了！"

高个子伸手想抓住林悠悠，只见林悠悠一个侧身闪过，顺着势抓住高个子的手将他扳倒在地。

突然，林悠悠感觉背部传来一阵钝击的痛感，她回头一看，

原来是那个被唤作"涛哥"的壮汉,趁她跟高个子打起来的时候,偷袭了她一拳——她身手再厉害,也只是单兵作战,劣势明显。

林悠悠吃疼,回头对着涛哥就是一个飞踢,涛哥肩膀吃痛,应声倒下,林悠悠收脚的时候不小心钩到了涛哥的大金链子,只见那大金链子应声断开,在空中划过一个弧线,甩到了几米开外。

"你个臭婊子,敢踹我?兄弟们,弄死她!"躺在地上的涛哥恼羞成怒一声令下,不知道从哪里又蹿出来三个人。

林悠悠都没看清来的人长啥模样,自知形势不妙,拔腿就跑。

"站住!"

"别跑!"

林悠悠边跑还边回头冲他们吐了吐舌头,做了个鬼脸。

"气死我啦,我要打死她!"

"冲啊——"

跑着跑着,林悠悠渐渐有点儿体力不支,心里也是奇怪,怎么这一带都没什么人?不过想想也是,谁大过年的不在家跟家人聚会聊天,玩玩手机吃吃零食,估计也没几个人会大晚上跑到街上来吹冷风?

林悠悠为了甩开他们,猛地右拐进了一条巷子,却发现自己闯进了一个死胡同!不远处一堵厚厚的墙铁青着脸,直观地表示着:此路不通。

这时候那群人也追了过来，林悠悠的眼睛突然瞪大，那三个新加入的小混混里，有一个正是嗨少！

涛哥从人群里面走出来，狞笑着："跑啊，你再给我跑一个试试？"

"你想干吗？"林悠悠连连后退，最后背部已经贴到了墙上，已退无可退。

"哼，你说我想干吗？"涛哥渐渐向林悠悠逼近。

林悠悠抬起就是一脚，没想到脚悬在空中的时候，让涛哥抓住了脚踝，涛哥恶狠狠地看着她，用力捏了一把。

林悠悠吃疼，用尽全身的力气想要将腿收回。

可是涛哥的力气很大，林悠悠挣扎了几次都没有成功。

涛哥突然一拳砸过来——拳头捶在了林悠悠身后的墙上，好一个拳咚！

"你要是答应做我女朋友呢，你踢我一脚的事情咱们就当没有发生过——"

"要是我不答应呢？"林悠悠死死地瞪着他。

"你现在在我的手里，你不答应也得答应！"涛哥的唾沫星子都快飞林悠悠脸上了，林悠悠连忙别过脸。

涛哥嘟着厚厚的嘴唇，眼看就要往林悠悠的脸上亲去！

"住嘴！"林悠悠猛地一个升龙拳，将涛哥的一颗大金牙打掉了。

"你——我看你素禁酒不呲呲罚酒！"涛哥捂着腮帮子，因为掉了一颗门牙，说话漏风。

涛哥抬起手，一个仿佛用尽全身力气的巴掌正朝林悠悠的脸上甩去！

林悠悠心想完了，下意识地闭上了眼睛准备承接这重重一击。

突然响起一阵喧闹的声音，巴掌没有下来，林悠悠睁眼一看，涛哥的巴掌就停在离她的脸不足一厘米的地方——竟然是嗨少死死地抓住了涛哥的手！

可是光从体型上来说，嗨少完全不是涛哥的对手，下一秒，涛哥一脚便把他踹到了地上，一群人围了上去，对他拳打脚踢。

嗨少被揍得鼻青脸肿，脸上糊满了鲜血。

"给我打死这个叛徒！"涛哥恶狠狠地说，还朝嗨少脸上吐了一口浓痰。

"住手！"突然路口响起一声大喝。阴影中，一个人缓缓向他们走来。冰冷的月光洒在他英俊的脸上，他皱着眉，往巷子里走了进来。

"你是谁？我劝你不要多管闲事！"一个黄头发的洗剪吹小哥指着魏景尚的鼻子，气势汹汹。

"哼！"魏景尚一声轻笑，伸手抓着他的手掌狠狠往下一压！

"咔嚓"一声——是骨头错位的声音。

"嗷——"洗剪吹小哥抱着自己的手哀号着蹲到了地上。

"兄弟们,揍这几个狗娘养的!"见来者不善,涛哥一声令下,其他几个混混便扑到了林悠悠他们三个人的身边。

高个子跟嗨少缠斗,涛哥则跟洗剪吹小哥在围攻魏景尚,剩下一个戴着鼻环的小哥跟林悠悠打斗,场面一度十分混乱,却没有惊动到巷子里的住户,大概大家都沉浸在春晚的喧嚣中了。

魏景尚毕竟是个练家子,一打二完全不落下风;高个子凭借身高臂长的优势,跟嗨少打得有来有回;而林悠悠跟鼻环哥缠斗了一会儿,终于战胜了鼻环小哥……

涛哥眼看就要打不赢林悠悠他们仨了,一转身跑了。

其他人也跟着跟跟跄跄地往巷子口狂奔逃跑。

战斗这才落下帷幕,林悠悠立刻问及时赶到的魏景尚:"你怎么知道我在这里?"

魏景尚反问:"不是你给我发的定向漂流瓶吗?"

"我没有啊,刚刚手机摔地上,都开不了机了。"

"我发的。"嗨少云淡风轻地笑了笑,脸上的血迹十分骇人。

魏景尚和林悠悠同时看向嗨少。

"吴涛这个人我很了解,出了名的心狠手辣,我怕她会出事,所以朝你家的定位发了个漂流瓶。"

林悠悠敛眉:"可是你不是跟涛哥他们一伙儿的吗?为什么要帮我们?"

"我早就看这个家伙不顺眼了,成天戴个假的大金链子晃晃悠悠的装什么逼!"嗨少吐了口血沫,不屑道。

"假的?怪不得刚刚不小心一扯就断了,哈哈!"林悠悠想到金链子飞出的那一刹那,不由得笑出声。

"上次我们几个去泡澡的时候,他那金链子在池子里都浮起来了,要是真金能浮起来?"

"噗,哈哈哈——"林悠悠觉得什么气都消散了。

"我看你心肠也不坏,你怎么会跟着他们混黑社会呢?"魏景尚看向嗨少,表情严肃。

"呵——还不是年幼无知轻狂不懂事……当年都是十来岁年纪,看了几集《古惑仔》,觉得里面的人好酷,周围的人看到他们都很害怕,于是便也成立了一个小组织,可是,渐渐地我发现,这样的生活很无聊,而且每天还过得很提心吊胆。"嗨少倒是说得云淡风轻,几句话就把这些年的经历讲了个明白。

"那你为什么不退出呢?"

"退出了又能怎样呢?我早些年辍了学,别的事情也不会干,他们纵然不好,但是也没有干什么伤天害理的事情,再说,我除了他们也没有别的朋友了——"

林悠悠从来不知道还有这样的朋友关系,她下意识地问:"那你刚才还打了你们老大,你打算怎么办。"

"没怎么办……就冲动吧……其实我很羡慕你们,你们都是那么闪闪发光的人啊，你弟弟的街舞跳得很好，你跟林悠悠那么优秀，武术又那么好，每次我看到你们，我都觉得自己的人生像被照亮了一般，我很想和你们做朋友啊，可是，我觉我自己没有资格。"嗨少说着说着惭愧地低下了头。

魏景尚见他垂头丧气的样子，不由得轻轻一捶他的胸膛，笑道："嗨少，你今天表现得很勇敢。我知道你其实是个善良的人，不嫌弃的话，就来我的公司吧，我可以给你一个刷新人生的机会。"

许是从没见过严肃的魏景尚笑过，嗨少一下子都被这笑容惊得结巴了："公公……公司？我可以吗？可是，我什么都不会——"

"没关系，我这个是一个电商服务的公司，只要你培训一两个月，完全能做好手头的工作。"

"谢谢你，魏景尚。"嗨少激动得热泪盈眶，他怎么都想不到自己的冲动换来的会是人生的新生，恨不得抱住魏景尚狠狠哭一个才好，但是看着魏景尚那不可侵犯的长相，他收了收手，默默地擦去自己眼角的泪。

"咦，我手机又能开机了。"林悠悠低头捣饬了一阵手机，终于开机了，有十几个未接来电，全都是姐姐打来的。

林悠悠赶紧给姐姐回了一个电话，姐姐告诉她林建国晕倒了，现在还在昏迷中，让她赶紧去仁心医院。

林悠悠手机都差点抓不住，心里忽然一落，一股痛如同燎原的野火蔓延至全身,她甚至觉得迈开一步都要耗费全部的力气。

"怎么了?"魏景尚看着林悠悠有点不对劲,赶紧问。

"没、没什么。"她闪躲着魏景尚的眼神,结结巴巴道,"我要去医院……你看嗨少也受伤了,一起吧,一起去医院吧……"

"好。"魏景尚看出她十分不对,眼神闪烁了几下并没有说别的。

仁心医院。

安顿好嗨少之后,林悠悠借口上厕所趁机溜了出来,连忙赶往姐姐说的那个病房417。

她深吸一口气,推开了门。

一进门,她就看到沉默不语坐在病床前的姐姐,身边还站着一袭白衬衫的龚子游。

林建国躺在病床上,林悠悠踮脚看了一眼父亲,发现父亲已经醒了,这才长舒了一口气。

这时候,魏景尚也敲门进来了,房间里五个人面面相觑。

林建国瞥了魏景尚一眼,用低沉的声音问:"这位是上次来咱家吃小龙虾的同学吧?"

另外三个人齐刷刷都盯向魏景尚。

"是的,叔叔。"魏景尚淡定地点了点头。

林建国别有深意地看了林悠悠一眼。

林悠悠有些不好意思，面带愧疚地看着父亲，她发现她已经习惯了那个永远在忙碌的父亲，现在他安静地背靠床头坐在病床上，白色的灯光显得那么刺眼，比灯光更刺眼的是父亲脸上的疲倦。

"爸……"她走到床边，伸手抓着父亲的手，那双粗糙得如紫砂一般的大手依然温暖，她的心便泛起一阵又一阵的难过。

林建国深深地叹口气，他不是不知道女儿心里的愧疚，但是他同时也明白了女儿内心的小秘密，这个发现让他无比心慌。

他清了清嗓子，开始赶人："我想先休息了，你们也先回去吧。"

众人听罢，便陆续跟林建国道别，说了些"早日康复"之类的寄语之后，便走出了病房。

"UU，你留下来，我有话要对你说。"林建国喊住了最后出门的泫然欲泣的林悠悠。

林悠悠一愣，看了其他三个人一眼，示意他们先走，轻轻关上门，返回父亲的病床边。

"爸，你要跟我说什么？"

"你喜欢魏景尚吧？"

"爸，你说什么呢。"林悠悠的脸登时红了。

林建国叹口气："爸是过来人，怎么可能看不出来。"

"我——"

"不过，以一个父亲的立场，我不希望你们谈恋爱，我宁愿你跟龚子游，也不希望你跟魏景尚。"

"为什么？"

"你知道魏景尚是铂盛集团董事长的儿子吗？"

"知道。"

"谁都希望自己的女儿嫁个好人家，可是那样的豪门，你进去只有受罪的份。"

"我知道，他妈妈之前给我打了个电话。"

"她说什么了？"林建国突然两眼放光，可是那火光在一秒后立即熄灭了。

"她说她对我们家有愧……还让我不要缠着她的儿子了。爸，你说，她为什么要向我们家道歉？"

林建国眼神有点闪躲，干脆闭上了眼睛，深呼吸道："我怎么知道，有钱人的思想都是很难捉摸的，所以，你还是尽早跟他们家彻底断了联系的好。"

"我知道了……你早点休息吧，我先回去了。"

"嗯，路上小心。"

回家的路上，林悠悠第一次感觉到，禹城的夜晚好冷。

冰冷的，像魏景尚不解、埋怨的眼光，又像父亲疲惫而无奈的叹息。

鞭炮早已燃尽，路上剩下一些红色的碎屑，空气里满是火药的味道。

林悠悠总感觉父亲有事情瞒着她，尤其是当她提到魏景尚母亲的时候，父亲的那个微表情，虽然一闪而过，但还是被她敏锐地捕捉到了。

恍惚间，她觉得父亲好像老了许多，可是此时距离晚饭的时间才不过两三个小时，难道是自己的错觉吗？

在这之前，林悠悠一直以为人都是随着时间的洪流渐渐衰老的，但是她今天才发现，一个人的苍老，有时就在一瞬间。

她第一次有这样的感受，是在母亲去世的时候。

那天晚上，父亲早早收了摊子，坐在屋后的院子里，一点一点烧掉有关母亲的记忆。

跳跃的火光一次又一次地映照出父亲紧皱的眉头以及深深的法令纹，他那被月光拉长的身影，渐渐带着一丝佝偻。

那时林悠悠跟姐姐还是初中生，姐姐沉醉于学习和音乐，她则迷恋跆拳道，虽然心中也同样很悲伤和难过，但是对于成长和衰老依然一知半解。

现在，林悠悠走在禹城的青石板路上，她开始觉得，是不是当一个人开始具有前瞻性的目光的时候，就说明一个人成长了呢？

当她开始不仅仅是为了眼前的事情忙绿,有时候也开始停下脚步思考未来了。

当她不再醉心于眼前的苟且和玩乐,开始关注一些将来的事情,比如虚妄的爱情,比如身份的变化,比如重新审视母亲的离去和父亲的衰老……

这些东西裹挟着高考结束那晚的潮水,一股脑闯进林悠悠的世界,她突然变得有些无所适从。

她开始懊恼,自己没有提前预知,提前做好心理准备,然而生活总是不给人喘息的机会,变故总是在那一瞬间爆发,让人措手不及。

"当我们开始学会未雨绸缪了,是不是就代表我们成长了?"她自言自语。

她问了很久,却没有得到答案。

——"我喜欢你。"耳边凭空传来龚子游的声音。

——"让我来拯救你吧。"紧接着又是魏景尚的声音。

她捂住耳朵,试图让自己冷静下来。她奔跑了起来,想要用悲鸣的风声吹走那些扰乱她心绪的声音。

不知跑了多久,她终于回到了家。

她站在家门前,抬头问了天空,也低头问了自己的心。

虽然父亲没有坚持要她留在店里,但是她真的忍心看他一个人在这里操劳吗?

可是如果她选择了龚子游,那姐姐怎么办呢?要是她遵从内心选择了魏景尚,那么父亲和自己又该怎么面对那样的豪门?

问了许多,却依然没有得到答案。

也许,答案早就在自己的心底了吧,她的犹豫,恰恰是因为她早就做出了选择,只是目前被一些事情干扰了,所以听不见自己的心声。

林悠悠走进父亲的房间,双人床上只有孤零零的一个枕头,衣橱打开,里面也只整整齐齐地排列着几件千篇一律的黑色衣服。

柜子上,一个棕色的皮质笔记本引起了她的注意。

她走过去,扭亮那盏颇有历史的旧台灯,昏暗的灯光洒了下来,她慢慢翻开,渐渐地,心情就再也不能平静。

林悠悠陆陆续续了解到了父亲以前的一些事情。

林建国跟魏景尚的母亲陈兰是初恋情人,后来因为陈兰家里出现了变故,逼不得已嫁给了魏景尚的父亲魏军,从此两人便不再联系了。

林建国很伤心,正在这时遇见了林悠悠的母亲任娟,任娟托人表达了自己对林建国的情愫,林建国渐渐被任娟治愈,他发现这个女生性格活泼,也勤劳善良,于是两人便结了婚。

难怪提到魏景尚,父亲会有那么大的情绪变化,那里面,藏着他青春时不能回首的疼痛和骄傲。

已是正月初七,街上的小孩都被抓回了家,开始补做寒假落下的作业。街上全然没有了过年的气氛,春节好像在一夜之间就销声匿迹。

路灯上挂着的小灯笼,在晚风中来回摆动。

此刻是晚饭时间。

林建国才刚刚出院,他本来是准备带上女儿们去下馆子的,但是她们坚持要亲自给父亲做一顿饭,林建国拗不过她们。

"爸,我想好了,我毕业了就留在家陪你。"这话是林佐佐说的。她从厨房端出一盘糖醋排骨,轻轻放在桌子上。

林悠悠这时候也正好从厨房端菜出来,听到这句话,她不可置信地看了姐姐一眼。

是因为陈醋放得太多了吗?林悠悠突然鼻子一酸,眼泪差点忍不住决堤而出。

她看着父亲,父亲显然也愣住了;她又看向姐姐,姐姐脸上露出淡然的微笑。

没有一丝委曲求全,也没有一丝言不由衷。

"佐佐……"林建国喃喃。

林佐佐打断他,微笑着很清楚地表达自己的想法:"我都想好了,我反正也不是那种野心勃勃的人,住在自己熟悉的生活圈,我觉得挺好的。"

林建国沉吟了很久，一点头淡淡道："你自己想好就行。"

"嗯，我想好了。"林佐佐坚定地点头。

吃过晚饭，林建国回屋休息了，两姐妹在厨房洗碗。

"姐，你没必要……"林悠悠难过地看着姐姐。

"我不是为了你才选择留下来的，我有我的打算。"林佐佐轻描淡写地说着，仔细地擦拭着碗碟，像是在清洁一件古代珍贵瓷器，"只是正好可以解决你的问题，一举两得而已。"

"无论如何，我还是得谢谢你，如果当时我不那么冲动，懂得体谅父亲和你，也不至于变成现在这样……"林悠悠一时间忽然不知道该怎么说了。

林佐佐停下手上的动作，偏头看向无比内疚的妹妹，笑着安慰她："你没必要自责，我觉得现在这样挺好的。还有，你没必要为了这个世界丢掉自己，你活成了我最羡慕的样子，这是你生活的方式，有时候你会感到茫然，但是你要坚信，最后你会找到跟这个世界的平衡点。"

"可是如果我是错的，我也要坚持自己吗？"

"对和错的标准是谁来定的呢？大多数说的就是对的吗？难道每个人都要用别人的标准来过活？"

"我……"

"我曾经那么嫉妒你,嫉妒你总是快意恩仇,嫉妒你总是爱憎分明,嫉妒你可以不用为了维持虚伪的假面而做不想做的事、说不想说的话。"林佐佐的声音越来越清淡,像是融入晚风中的一缕,凉凉地吹散林悠悠心头层层阴霾。

林悠悠的眼睛里噙满了泪水,她已经快要看不见眼前的碗碟了。她用清水冲了冲手,抹去脸上的眼泪,说:"不,就像魏景尚说的一样,我总是遇到困难就把自己缩回壳里,等待着困难自己过去,或者等着你和爸帮我解决。"

"不,悠悠,你远比你想象的要坚强,我跟爸爸之所以帮你,也完全是因为我们爱着这样的你,而且龚子游既然选择了你,就说明在他的眼里,你比我好太多。"

林悠悠不允许姐姐这样评价自己,她拼命摇头道:"不!不是这样的!你那么好,他只是瞎了、傻了、疯了,才会说不喜欢你的,他的选择没有任何的参考意义。"

"行了,赶紧把碗洗完吧,这些事情都过去了,讨论又有什么意义呢?"林佐佐平静地笑了笑,垂下头去。

第八章 治愈

咏春与跆拳道的终极对决。

元宵节当天,许多大学都已经早早收了假,可今天大街上还是热闹非凡。

因为当天有个音乐节,所以纵使有的还要上课,还是有许多大学生逃课出来看看。

虽说也不是什么一线歌手的那种盛大集会,只是请了些比较著名的民谣歌手,但是禹城毕竟也是旅游城市,年轻的游客很多,加上地处于大学城,所以爱听民谣的人还真的不少。

舞台不远处的一棵大树后面,两个人相对站着,静默注视。

"佐佐,你真的想好了吗?毕业后留在家,那你的梦想怎么办?"

"我的梦想,跟你有什么关系呢?你既然都不喜欢我,又为什么要管这么多？"

"我、我这不是关心你吗，我、我一直把你当妹妹的。"

"呵，妹妹？你可真能大包大揽，你尽到过做哥哥的义务吗？你除了逃避，你还会做什么？"

"你……你怎么能这样说，事情发展到今天这样，你我都不想的啊。"

"我看你是巴不得事情变得混乱，好让你浑水摸鱼，接近我妹妹吧。"

"你……我发现你变了。"

"呵呵，我不是变了，我只是懒得装了。以前和你在一起的时候，你眼睛还一直关注着悠悠，你以为我不知道吗？那你又知道我那些年都是怎么过来的吗？你有考虑过我的感受吗？我累了，我不想再对你这种人装作善良的样子了，我不是菩萨，不是佛祖，也不是唐僧。我只希望你能稍微照顾一点点我的感受，我过分吗？"

"佐佐！"龚子游双手搭在她的肩上，轻轻地晃动，"以前，是我对不起你，我一定会帮你找到属于你的幸福的。"

林佐佐厌恶地想要挣脱龚子游的双臂，她的眼泪在眼眶打转，她抬着头，努力让眼泪流回心里。

"你放手！我不想再见到你了！"林佐佐不由自主地喊了一声。

这大概是林佐佐记事以来，第一次大喊大叫吧。

两人的争吵引起了周围一小撮人的关注。

"你听我说！"龚子游仍不依不饶。

"她让你放手，听见没有！"一个声音在看热闹的人群中响起，魏景夏快步走到两个人面前，一个手刀劈开龚子游。

"你是谁？"龚子游铁青着脸，怒视着魏景夏。

"我的名字叫正义！你听不懂人话是吗，她让你别再缠着她，你还不快滚？"

"我们俩的事情，容不得你插手！"龚子游怒目圆睁，双拳攥出青白色。

不待魏景夏开口，林佐佐愤怒地朝龚子游喊："我俩现在已经没关系了，以后别再来找我了。"说完便自顾自地跑了。

"佐佐！"龚子游追上去。

"你滚吧，人家都说让你别找她了。"魏景夏一把推开龚子游，追了上去。

当事人已经走远，一小撮看热闹的吃瓜群众又回到音乐节的场地中央。

此时一个胖子唱完了一首《安河桥》，退下了场，主持人微笑着走上台。

"刚刚的这首《安河桥》听得我们真是感慨万千啊，下面是我们今天特别设置的节目，'草根表演环节'，我们有请禹城的

"街舞小王子，魏！景！夏！"

底下一阵欢呼。

然后，魏景尚就被工作人员抓上了台。

魏景尚连连感叹自己这几天真的倒霉——

先是陆黛儿经常出没在自己家里，怒刷存在感，而且母亲对她竟然也很有好感；再来是他开创的电商交易平台突然就被黑客袭击了，而且貌似这黑客还挺厉害，这木马病毒找了禹城好几个电脑高手都没搞定；他本来就挺郁闷了，这光天化日地走在路上突然被几个人抓上了台去，还要表演什么"街舞"，这就让他更不爽了。

魏景尚站在台上，铁青着脸听主持人在介绍他弟弟的辉煌事迹，十岁就得到了禹城少年组街舞大赛的冠军，十五岁就代表禹城参加了全国的街舞大赛，拿到了一等奖，十八岁的时候还出了国，在中美街舞文化交流大赛中拿到了第二名等等。

若不是主持人说起来，魏景尚都不知道这些事情。他从前只知道弟弟不务正业，整天不上课跑去跳街舞，但是弟弟得到的这些荣耀，他从来没有为弟弟感到过高兴，不仅没有夸奖过他，还偶尔责备他，亏得弟弟坚韧，咋劝咋骂都没放弃，不然自己毁了一个这么有天赋的人，那该是多深的罪孽啊！

"其实主持人说的，都是我弟弟做的事情。"魏景尚接过话筒，如实说道。

底下传来一阵哄笑。

"哎呀，我们的主角还挺幽默的呢。"主持人有些尴尬，只当是他在开玩笑，硬着头皮接话。

"我没开玩笑，真是我弟弟！"魏景尚急了。

"那你让你弟弟上来跟大伙说几句话呗。"

"我、我不知道他在哪里。"

"那就是还没生出来呗！我们二十年后相约在这个地方，再来看他弟弟的表演，好不好？"主持人心里一阵焦躁，这个不懂事的演员上哪儿找的，回头一定要和导演组说一下，不要找不专业不配合的。

"好！"底下传来一阵叫好和起哄的声音。

魏景尚内心一阵叹息，得！我这还有口说不清了。

他本想跳下台一走了之，但是又不知道这个表演对魏景夏是不是很重要，景夏并不是不守承诺的人，这表演的节骨眼上不在肯定是发生了什么突发情况。

魏景尚不断叹气，看来今天这个街舞，他是跳定了。

音乐响起，DJ开始打碟。

绚丽的灯光，劲爆的音乐，全场似乎嗨到了极点。

魏景尚动作僵硬地蹦了起来，起初大家以为他只是在搞怪加热身，应该一会儿就进入正式表演。可是等了几分钟，他还是跟老奶奶跳广场舞似的,底下开始传来窃窃私语,更有甚者朝舞台上丢了一个矿泉水瓶!

眼看矿泉水瓶就要砸在他的头顶,突然一个矫健的身影飞了出来,稳稳将矿泉水瓶接住了。

见来人是林悠悠,魏景尚僵了一下,立刻反应过来,冲她道:"你来做什么!我一个丢脸就够了,你快下去!"

"我想来就来啊,我丢过的脸可以绕地球两圈,也没有什么可怕的。"林悠悠笑了笑,转身面对观众,鞠了一个躬。

底下传来一阵掌声。

于是节目从老太太跳广场舞变成了咏春与跆拳道的终极对决。

两个人在重重的鼓点下,开始了激烈的对抗。

底下的人看得热血沸腾。

林悠悠惊奇地发现,现在跟魏景尚交手已经越来越自如了,魏景尚的一些奇招自己也能勉强接下,于是两个人又交手一番,终于感到有点吃力的时候,便双双顺势收手,对着台下鞠躬,便匆匆下了台。

这次小小的危机也算是解除了。

下午的时候,魏景尚非要请林悠悠吃饭。

"得了吧,还吃饭,一会儿又吃出什么奇怪的事情。"

"我今天很郁闷,你就不能陪陪我吗?"

"你怎么了?"

"我——我失败了。"

"啊?什么意思?"

魏景尚把事情一五一十地跟林悠悠说了。

"就在昨天,不知道哪个家伙把我的电商交易平台给'黑'了。"

"那怎么办?"

"怎么办,'凉拌'呗!现在都过去一天了,就算把木马病毒都查杀了,估计上面的资金也都没了。"

"你上面投了多少钱?"

"五百万吧。"

"多少?"

"五百万。"魏景尚云淡风轻地说。

林悠悠听了差点儿眼珠子没掉出来,还以为自己出现幻听了。

"你这么多钱哪儿来的?"

"找我妈借的。"

"那——"

"这笔钱怕是要不回来了,我妈倒是也不会说我什么,但是我以后恐怕就要受制于她……"他面有悲伤。

这时魏景尚的电话响了,是赵宇打来的。

"什么事儿?"

"你来一趟浅海武馆就知道了。"

魏景尚事后才知道,原来真的有物极必反这种事情发生。

就在他以为今天已经倒霉得无以复加的时候,救星就来了。在这之前,他甚至连"倒霉"是什么都不知道,他的人生是如此一帆风顺。

他倒是想好好感谢林悠悠,经历了种种事情过后,说是成长吧,未免有些过于大义凛然,只能说是有所感悟。之前他总是以一种奔跑的姿态,在面对自己的人生。这固然有一定的好处,但是同时也有很多东西被他忽略掉了。

两人来到浅海武馆,一直等在门口的赵宇便将他们带进了副馆长的办公室。

"周馆长,你这么着急喊我们过来有什么事儿吗?"

"你创业的事情,我都听说了。"

"这——"

"正好赵宇对计算机这块有点儿研究,你跟他谈谈,看能不能帮上你什么忙,至于资金的问题嘛,我可以帮你。"

"馆长,这件事我自己能解决。"

"你就别逞强了,也别觉得我们是在施舍你,这笔钱呢,就当是我们投资的你,以后回本了赚钱了,这笔钱再连本带息地还给我们也不迟。"

"我——"

"哎呀，就这么决定了！几个月前呢，我们武馆本来也是接近倒闭了，得亏你跟林妹妹来大闹一场，这些时日托你们的福，生意好转，不然啊，我们这个武馆估计早就关门大吉了。"

"话虽这么说，可五百万毕竟不是个小数目，我不能随便要！"

"你对你自己这么没有信心？"

"我——"

"你要敢说能把这五百万挣回来，我们就敢给！"

"好吧……"

"人生在世，谁没有个难处，还不是今天你帮我明天我帮你，这样就算以后咱们到了不得不互相插刀子的时候，倒也能念一下往日的情面，下手轻一些，这样彼此都不至于掉进万劫不复的深渊。"

魏景尚被副馆长这一番刀子论给弄得哭笑不得，他确实非常需要这笔钱重振旗鼓，同时他也很坚定地相信自己能东山再起。

赵宇一直在计算机旁手指如飞敲击着，神情严肃。就魏景尚和副馆长签了一个协议的工夫，他就捧着笔记本过来了。

"成了成了！"

"木马病毒都清除了？"副馆长和魏景尚异口同声地问。

"都清除了，黑客耍了个小心机，将病毒依附在一个小软件的更新系统上，这样每次提醒的时候，人们都会以为是一般的更新通告,就不予理会,所以很难发现。"

"难怪那么多专业人士都没有发现这个病毒的所在,原来是藏在这么不起眼的地方。"

"是啊,我也是找了好一会儿,才找出来的。"

"真是不胜感谢!"魏景尚冲赵宇拱了拱手,眼底是真诚的感谢。

赵宇不好意思地摸摸后脑勺,嘿嘿一笑:"嗨,小CASE!举手之劳。"

"小魏同志啊,从现在开始,我们就是正式合伙人的关系了。可先说好啊,一年之后啊,你这五百万没有回本的话,借你的这笔钱我可要开始算利息了啊。"

"馆长,这一年挣五百万,你当这钱是天上掉下来的呢?"林悠悠激动了,本能地觉得副馆长这是在坑魏景尚,立刻为他说话了。

看她担心自己,魏景尚心里一动,他冲林悠悠递过去一个安抚的微笑:"放心,既然我收了这么大笔钱,就得但得了这个责任!"

"有志气,年轻人,我看好你!"副馆长拍了拍魏景尚的肩膀。

魏景尚邀请大家一起吃饭庆祝,本来他还想叫上副馆长的,没想到副馆长摆了摆手,说自己要去约会,小孩子们的欢庆他就不去扫兴了。

"真羡慕馆长啊，有钱！任性！"赵宇在去饭馆的路上笑着说。

"别人那是奋斗过了，现在处于享受的阶段。你俩啊就别羡慕啦，还是乖乖去奋斗吧。"林悠悠走在前头，突然一转身，掏出手机偷拍了一张他俩的照片，"以后你俩成了企业大老板啊，我就拿这张相片儿去找你们要钱，哈哈！"

"你不知道有肖像权这回事吗？"赵宇假装生气地责怪林悠悠，然后故作高傲的样子，"我的肖像权可贵了哈！"

"别忘了给我P好看点儿！"魏景尚倒是一脸无所谓，冲着林悠悠喊了一句。

"哎呀，你本来就好看，不用P——"话还没说完，林悠悠自觉失言，吐了吐舌头，做了个鬼脸来掩饰尴尬。

赵宇用肩膀撞了撞魏景尚，一脸八卦兮兮的笑容。

魏景尚没什么太多表情，回他一个淡淡的眼神，低头的瞬间嘴角勾起一抹笑容。

他从小到大被老师同学以及各亲戚邻居夸到大，学习好颜值高，是各家小孩最讨厌的别人家的孩子。

可是有一个人就从来没有夸过他，他的母亲陈兰。

题目很难全班及格人数都很少的情况下，他拿了99分，母亲会盯着那扣掉的一分对他说："你还可以做得更好。"

他竞赛得奖，从校级市级再到全国，母亲也只是轻描淡写："再接再厉。"

一开始他也非常不解，以为真的是自己没做好，只要他做好了，母亲一定会给他一个温暖的拥抱一个夸赞的笑容。但是，渐渐地，他发现无论他多么努力，都没办法得到母亲的一个赞美，然后渐渐地，他不再对此有期待，只是把努力当作一种本能，让他走到今天。

可是，林悠悠今天无心的一句夸奖，像是一道春风，打开了他封闭已久的心门。

林悠悠眼尖地看见他一直在笑，想到之前自己脱口而出的话，脸更红了，有点羞恼地道："你傻笑什么呢？说你胖你还喘上了？"

"没有，我就是想起一个笑话。"

"什么笑话？"

"你啊，你就挺搞笑的！"

"魏！景！尚！我打死你！"林悠悠红着脸，抡起拳头就朝魏景尚冲了过去。

"好啊，你把我打死了，今晚谁请你吃饭呢？"

林悠悠想了想："那好吧，我就姑且等吃完饭吃饱了有力气了再打死你吧！"

"还搞凌迟处死这一套呢？你是宫廷剧看多了吧？"赵宇在

一旁调侃他们,他一看就知道这两个人之间有一种新的关系在逐渐生成。

"本少女从来不看那种东西!"

"哟哟哟,说你是女生你还开始美少女变身了?"

"哈哈哈哈……"

黄昏的禹城,似乎整个森林公园都在回荡着林悠悠"少女般"浮夸的笑声。

吃过饭,赵宇先自个儿回去了,魏景尚坚持要送林悠悠回家。

林悠悠本来是想拒绝他的,毕竟双方家长的态度都已经这么明确了,自己本就不该跟他再有所纠缠。

但是她拗不过一直紧跟她的魏景尚,想着快到家的时候再一溜烟冲回家,这样父亲应该就不会说什么了。

清风绵软无力地拂过两个人的脸庞,带着一丝若有似无的海水味道。

"不如你来帮我吧?"魏景尚憋了好久,终于打破了沉默。

"什么?"

"我想请你来帮我一起做电商平台。"

"可是我……我不会啊。"

"你不是学了一年的网页设计吗?"

"是啊,才学了一年,一年才学多少东西,我这才刚入门呢!"

"我一年就把金融学四年的东西学完了啊。"魏景尚轻描淡写地说，"明年我可能会去美国做交换生。"

林悠悠被他这一波轻描淡写的"炫耀"，闪了腰。

"你、你是'开挂'了吧！"林悠悠扶着腰，不可置信地看着他。

"这不是很正常的事情吗？我们班上挺多人都是自学的。"

"我这个学期最后的几个月天天泡图书馆，有几门也才刚刚挤进八十分大关，你们这——你确定你们不是外星人？怎么同样是人，差别这么大呢？"林悠悠仰天长啸。

"林同学，你要相信，努力就会成功。八十分已经很不错了，再接再厉！"魏景尚说完发现，对别人说"再接再厉"还挺爽的，有种居高临下的感觉扑面而来。

"喊——你们这些学霸就不要再打击我啦，再说我要哭了哦。"

"说正经的，我之前觉得，只要内容做得好，酒香不怕巷子深，可是渐渐发现，这个社会还是有自己的特色的。"

"什么特色？"

"看脸。"

林悠悠白眼翻到天上去了。

"我是说认真的！人际交往是如此，这个看脸不仅仅是看你的'颜值'，还看你会不会打扮，包装自己，做网站也是如此，没有包装，没有宣传，其实发展是很受限制的。我自认自己的专业水平是毋庸置疑的，资金、运行这些我也是清楚得很，可是对于包装和宣传这些,我觉得还是有必要找人来丰富一下。"

"那你还敢找我,我只考了八十分耶!"

"现在早就不是以分数论英雄的世道了。"

"那以什么论英雄?"

"刚刚不是说了吗,颜值!"

"哟!学会一个新词还上天了是吧?要不要来我QQ空间给我踩踩浇浇水啊?"

"你在说什么,不知所云。"

"哎,你还记得吗,咱俩刚见面的时候,你也是说的这句话。"

"记得。"魏景尚乜斜了她一眼,微笑在他的脸上飞驰而过。

"哎呀哎呀,"林悠悠捕捉到魏景尚的笑脸,十分惊讶,继而想到什么似的问,"你倒是说啊,你要怎么做网页设计?不会要我出卖色相吧?"

"你有色相可以出卖吗?"魏景尚反问。

"魏景尚!又皮痒了不是?"林悠悠举起拳头迎了上去。

魏景尚见状,连忙跑了起来。

林悠悠怎么都追不上,只得在后面喊:"腿长了不起是不是?"

两个人就这样追逐着,突然魏景尚一个急刹车,停在了林悠悠家的海鲜排档前。

林悠悠窃喜，正要追上去给魏景尚两拳，可是当她看到一个中年妇女跟自己父亲就坐在大厅中间的圆桌上时，手悬在了半空中。

屋里的人也看了出来，看着门外俩人怪异的姿势，气氛一时间变得很是尴尬。

"妈，你怎么会在这里？"魏景尚进了门，轻轻皱着眉头。

"怎么，我不能出来逛逛？"陈兰啖了一口茶。

"当然可以，你想要去哪里、你想干什么，有谁能拦得住你？"

"知道就好，那我要是让你别跟这个女生再来往了，你也会遂我的愿吗？"陈兰说话一向直接刻薄。

"阿姨，我跟魏景尚——"

陈兰带着一抹轻蔑打断林悠悠："你什么都不用解释，看来在电话里面讲没用，我还是得亲自出来跑一趟。不过这样也好，我们就把这事摊开了挑明了讲，免得再有什么'误会'！"

"误会？"这时候林建国说话了，"什么误会？"

"林建国，以前的事是我对不住你，不过事情已经过去这么多年了，你也不必抓着这件事来要挟我，如果你想通过你的女儿来报复我，我可以清楚地告诉你，你趁早断了这个念想！"

"你在说什么？"林建国怒火中烧，拍桌而起，"你听听你自己说的，这是人话吗？什么叫用我女儿来报复你？谁的孩子还不是孩子了？你家有钱，所有人就非得往你家贴啊？"

"哼，你别以为你音量大我就怕你了，告诉你，不想往我家贴最好！"

"你出去！"林建国强忍着愤怒，指着门口。

"哎……你这个人，怎么说我也是个客人，你怎么能赶客人走呢？"

"你还知道自己是客人呢？听你这语气，我还当是哪个黑社会来找我追债来了。"

"你别欺人太甚啊，林建国！走就走，丑话可说在前头，要是再让我发现你们家林悠悠缠着我家景尚，我可要报警了啊！"

"你报，随便报！你是不是有病？"

"你——"陈兰被怼得无从回嘴，起身就要走。

突然门口又进来两个人，让刚刚即将平息的战局又燃起了熊熊烈火。

林佐佐跟魏景夏有说有笑地走了进来。

"妈？你怎么在这儿？"魏景夏疑惑地环顾了一下四周，发现每个人脸上的表情都不一样，跟走串了片场似的。

"你俩今天是诚心要把我气死是不是？"陈兰看着自己的两个儿子，扶着额，脱力一般一屁股坐回了凳子上。

"妈，你说什么呢！"魏景夏一脸茫然。

"你俩到底被喂了什么迷魂药啊，怎么都屁颠屁颠跟在这俩丫头后面呢？"陈兰简直不敢相信自己看到的一切。

"还不是被我遗传的优秀气质吸引了！"林建国大言不惭。

"呸，林建国，你还要不要脸啊？"

林建国耸了耸肩。

"林佐佐尚算知书达理，小提琴的水平我也是略有耳闻，林悠悠嘛……"

一听陈兰竟然开始评价起自己的女儿，林建国立即愤怒地打断："你想说什么？两个女儿都是我的宝贝，我从不会对谁有所偏袒，我觉得她们两个都很优秀！"

"行吧，你的两个女儿都很优秀，是我的两个儿子配不上你的女儿。"

"别，是我们高攀不上你们魏家。"

"那咱们就？"

"老死不相往来？"

"一言为定！"

……

他们俩你一句我一句怼得死去活来，一旁四个人面面相觑，也不敢随便吭声。

陈兰被怼得一脸青白，她挎着HERMS气冲冲地冲出去，经过他们身边的时候，对着四个人一顿脸色："别说我不近人情，现在给你们时间好好道别。晚上九点之前，我要看到你们俩都给我回到家里。"

她自顾自说完，扫了眼魏景尚和魏景夏两兄弟，径直上了一辆劳斯劳斯，扬长而去。

车窗缓缓上摇，在棕色玻璃摇到完全挡上的时候，陈兰的眼泪终于决堤，夺眶而出。

自己做错了吗？这么多年过去了，是林建国还不放过自己，还是自己没有放过自己呢？

很多事情你以为时间可以冲淡一切，其实不是的，你总是抑制不去想起那些往事，只会让某天突然又涌上心头的时候，变得更沉重而已。

而她每次看到林建国，就会想起那些事情，每一件事都是那么清晰，有如一个个尖锐的飞镖，一次又一次扎得她遍体鳞伤。

现实非要正中红心，扎得她心脏流出血来才肯罢休吗？

——所以为了避免自己的伤疤再次被揭开，她不能让林佐佐、林悠悠两姐妹跟他的两个孩子谈恋爱。

这个想法未免有些自私，但是她在心里安慰自己，我归根到底也是个女人，我还能怎么办？我也很绝望啊！

晚些时候，林佐佐坐在二楼的客厅，犹豫了很久，决定还是给魏景夏发了一条短信，告诉他自己明年还继续参加大学组的小提琴比赛。

魏景夏很高兴她终于走出了之前的阴霾，说自己到时候一定去看。

　　林悠悠看到姐姐神神秘秘的,于是凑过去看了一眼。

　　"你干吗?"林佐佐感受到了异样,一回头看到了林悠悠的眼睛专注地看着自己,像触电一般,身体不由得抖了一下。

　　"这话应该是我问你吧,看个手机怎么还笑得跟朵花似的,怎么,移动给你送话费了?"

　　"不告诉你。"

　　"哟,还是个粉红色的小秘密呢!快从实招来,不然我可不客气了!"说着,林悠悠对着自己的手指哈了一口气,就要对自己姐姐的胳肢窝下毒手。

　　"哎呀,别别别,我说还不行嘛。"

　　"快说快说。"

　　"也没啥特别的啊,就是给魏景夏发了条短信,告诉他我准备参加明年的大学生小提琴比赛。"

　　"啊?你不是不能——"林悠悠欲言又止。

　　"我被治愈了。"

　　"不是吧——这么神奇?我的冬瓜跟山药都没治愈得了你,魏景夏居然还治愈了你?"

　　"你还好意思说呢,上次就是你摔了冬瓜,害得我得陪你一起受罚,吃了老爸一周的红烧冬瓜、清蒸冬瓜、黄焖冬瓜……我现在听见冬瓜肚子都疼。"

"那……你怎么不跟我说，还先给魏景夏发个短信，啧啧！"

林佐佐脸一红，辩驳道："毕竟是他帮了我，我当然要先跟他说感谢了啊。"

"好啊，你终于承认你重色轻妹了！"

"好啦，我给你啾啾了，满意了吧？"说着，林佐佐红着脸亲了亲林悠悠的脸颊。

林悠悠嘻嘻一笑："好啦，原谅你了。可是咱们的事情有得烦呢，你打算跟魏景夏怎么办？"

"凉拌呗。"

"啊？"

"现在陈兰阿姨还在气头上，我们说什么也没用，只能暂且等着，说不定什么时候她就会动摇了。"

"得了吧，"林悠悠摇了摇头，"她那话说的，比乐山大佛还重，我看啊，愚公都搬不动，更别说等她自己动摇了。"

"那能怎么办呢？"

"主动出击，有困难要上，没有困难制造困难也要上！"

"那你先打头阵！我先观望着！"林佐佐笑了笑。

"你就是厌！"

"你不厌，我看你能闹出什么幺蛾子，你还能把陈塘关的水都翻到天上去？"

"嘿，我哪吒还真能！"

第九章 七年

不愿遗忘，也不敢想起。

转眼就是一年过去。

说来也是奇迹，魏景尚真的一年赚了五百多万。这自然跟他完美的运营是分不开的，看来"颜值计划"还是相当靠谱的，林悠悠确实也帮了他许多忙，他老盘算着请林悠悠吃饭，又担心母亲知道了生气，于是只能偷偷地请林悠悠吃饭。

这一年里，在禹城的大街小巷各种小店里，都能看到林悠悠和魏景尚的身影。俩人跟特务似的，东窜西跑，吃一餐换一个地方，不知情的还以为他俩是逃命的雌雄双盗呢。

不过这一年对于俩人来说都意义非凡，照例还是不应该用"成长"这类字眼，他们只觉得自己收获了很多，也看了许多从前没有看过的风景。

夕阳里,老妪推着小车,车上的豆腐花散发着清新的豆香。

大雨过后,陶笛店里传来悠扬而永新的曲调,与唱片店里流转的异国的民谣相互辉映。

正午的烈日下,他们在硕大的塑料伞下,享受着雪糕的清凉。这一切都美好得那么恰到好处,不掺杂一丝世俗。

"即使咱俩最后没有走到一起,我觉得也已经足够了。"林悠悠依偎在魏景尚的怀里,看着天空,觉得天空仿佛用微笑回答了她所有的答案。

她此刻才知道,天空不是不说话,晴天就是它最好的回答。

能够跟别人分享这一刻的晴朗,难道就不是一种幸福吗?

魏景尚胸腔微微震颤,低沉的安抚声自她头顶倾泻:"别说些丧气的话,我还在努力,我也不希望你有放弃的念头,好吗?"

"嗯。"林悠悠漫不经心地回答。

吃完雪糕,两个人突然想起来,今天是林佐佐比赛的日子。

"不知道姐姐那边怎么样了。"

魏景尚看了看时间道:"现在她应该已经比赛完了吧。"

"是啊,她此刻应该跟魏景夏分享了自己的喜悦,应该也得到自己的幸福了吧?"

突然,魏景尚的手机响了,一看,说曹操曹操就到,正是魏景夏打来的。

但这时候打来电话,让两个人同时有一种不安的感觉,可能这就是双胞胎之间奇妙的心电感应吧。

"怎么了?"魏景尚接起电话。

"哥,你赶紧来医院,陆黛儿她——"魏景夏惊慌失措的声音从听筒中传来。

"你别急,好好说。陆黛儿怎么了?"魏景尚皱着眉,安抚他。

"不知道她吃了什么东西,在咱们家的时候就上吐下泻的,还发高烧,现在正在抢救呢!"

"啊?这么严重?"

"嗯,你赶紧过来吧,虽然说她——可是她毕竟——"魏景夏有点儿语无伦次了。

"好,我知道了,我现在马上赶过去。"

"怎么了?"林悠悠关切地看着魏景尚,在一旁小声地问着。

"情况复杂,一时半会儿也说不清楚,我先去看看具体情况,回来再说。"魏景尚捂着电话小声地对她说。

"你问下我姐是不是跟他在一起。"林悠悠晃了晃他的手臂。

魏景尚点了点头,松开听筒问:"林佐佐现在跟你在一起吗?"

"佐佐?哎呀,我忙着照看陆黛儿这边,忘了今天有佐佐的比赛了!"

"什么?你没去看林佐佐的比赛?"

"没去啊,陆黛儿从早上开始就说不舒服,我就带她来医院看看了，到了中午情况还开始恶化了，我一直到现在都没离开过医院。"

"这样啊——"魏景尚冲林悠悠摇了摇头，示意林佐佐没有跟魏景夏在一块。

"我得回去看看我姐，我总觉得有点怪怪的，但是又说不上来。"林悠悠不安地看着魏景尚。

"嗯，那你赶快去吧，陆黛儿那边我去就行了！"

两个人匆匆道别，各自赶往自己的目的地。

林悠悠回到家，发现姐姐的房间里没人。

她又焦急地打了车回学校，跑到外国语学院的寝室，问了姐姐本班的人，她们都说从早上她出去比赛，就一直没见她回来。

林悠悠一时间陷入了茫然，姐姐到底在哪里呢？

她的心脏突然感到一阵剧烈的疼痛，她感觉情况不妙，她得抓紧时间找到姐姐！她忽然灵光一闪，连忙打车前往市音乐厅。

一路上仿佛有盖亚开路一般畅通无阻，她很快来到了市音乐厅。

自动感应门打开，林悠悠快步穿过大厅，在导航台询问了一下市里的小提琴比赛所在位置。

林悠悠急匆匆推开比赛厅的大门——现场空空荡荡，只有几个工作人员在拆除比赛所用的道具和设施，舞台上方是一个约莫十米长的横幅"2010年福建省大学组小提琴比赛"。

她跑上舞台上,抓住一个正在搬音响的大叔问道:"您好,请问有没有见过一个长得很像我的女生?"

大叔没明白她在说什么:"你说什么?"

林悠悠连忙解释:"我有个双胞胎姐姐,今天早上在这里比赛,可是到现在我们都没看到她回来,所以想来这里问一下,看看她比赛之后到底去哪儿了。"

"我也不知道。"大叔摇摇头。

这时候另一个在搬椅子的人走了过来:"哎,你这一说,我倒想起来了,好像是有个女生找我借了个刀片,问她用来做什么她也不说,我也没多想,她跑出门了,我也不知道她去哪里了。"

"啊?刀片?该不会——"林悠悠大呼不好!心急如焚地冲出比赛厅,焦急地环顾四周,突然目光停留在了卫生间的牌子上。她皱着眉头,三步并作两步走进了卫生间。

她颤抖着推开卫生间的门,里面传来气若游丝的呻吟——

林悠悠只觉一阵腿软……

天哪!姐姐该不会是因为魏景夏没遵守约定而做了什么傻事吧?林悠悠不敢再往下想。

她紧紧地捂住嘴巴不让自己喊出来,双脚颤抖着,扶着墙缓缓往前走,试探性地喊着:"姐?"

没有回应。

"姐？"她又提高了语调。

"悠——"隔间里传来气若游丝的声音。

林悠悠不知道隔间里是怎样的场面，她满脑袋都是姐姐会自杀的恐怖画面，这种画面刺激得她甚至都不敢推开那扇门。

她深吸一口气，握紧手机，闭着眼推开了门——

姐姐正脸色煞白地坐在马桶上，乌黑的长发散乱地披在她的脸上。

她连忙抓过姐姐的手，查看有没有割脉留下的伤痕，左手没有，右手也没有，她终于放心地松了口气。

"你一上午坐这儿干啥？吓死我了你知道吗？"劫后重生般的林悠悠忍不住有点火。

林佐佐翻了个白眼："你以为我愿意啊！谁知道这'姨妈'会突然提前造访。"

"那你找人借刀片干吗？我还以为你要为魏景夏割腕呢！"

"你脑袋里装多了狗血剧吧！我这不是书包的拉链不知道怎么坏了，怎么都打不开，钱也在包里手机也在包里，扯也扯不开，不就找人借刀片咯！谁想到手机这时候居然欠费停机，真是祸不单行……"

林佐佐还在絮絮叨叨，林悠悠只觉得无比庆幸，还好！还好姐姐没有做傻事！

"对了，魏景夏今天怎么没来？"

"唉，别提了！魏景尚跟魏景夏都在医院呢。"

"啊？他俩怎么了？"

"不是他俩，是陆黛儿。"

"陆黛儿怎么了？"

"据说是吃'鸡'不慎，疑似感染了禽流感，现在还在抢救呢。"

"啊，这么严重啊？"

"嗯嗯。我们还是自己想办法吧，一会儿收拾完还得去一趟医院看一下情况呢！"

"可是，我怎么办？这裤子……太囧了！"

"哎，我有办法了！"

十分钟后，市音乐厅前的公交车站。

林佐佐一脸生无可恋地对站在旁边的林悠悠说："你确定我真的要这样回去吗？"

林悠悠低头看了一眼她身上缠着的红布，努力控制不笑出来，故作严肃道："还有别的办法吗？"

林佐佐叹着气，低下了头。

刚才林悠悠灵机一动，找音乐厅的工作人员借来了比赛厅里的横幅，那宽度正好是一条短裙的长度，她用横幅给林佐佐做了条别具一格的短裙裹了起来……

好死不死的是，一直没有空车路过，所以，林佐佐以一副死猪不怕开水烫的壮烈表情,在公交车站接受了各类路人目光的洗礼……

终于回到了家中,正好撞上林建国在店前清理海鲜,他一看林佐佐那打扮,登时惊得将手中的贝壳倒了一地。

"你这什么情况?"林建国一脸茫然。

"我——"林佐佐顿时脸囧得通红,不知道该怎么解释。

"爸,这叫行为艺术,别问了。"林悠悠不耐烦地回了一声,扯着姐姐就走了进去。

两人换过衣服,准备去往医院。

"姐,要不你别去了,你身体不舒服,还是在家好好休息一下吧。"

"我没事。"

"你——"林悠悠心疼地看着姐姐,小心翼翼地问,"你真的没事?"

"我没事,龚子游离开之后其实我就已经看得很开了。单恋的人总是容易放大自己的悲伤,觉得自己付出了一切,很容易陷入自怨自艾的境地。可是单恋啊,本来就是一件不对等的事情,你付出的一切,在别人看来也许不过是微不足道的事。"

"姐……"林悠悠难过地看着她。

林佐佐招了招手,淡然说:"所以啊,与其整天伤春悲秋,总抓着自己的期待不放,不如能恋就恋,恋无可恋的时候,就当做了一场梦吧。人啊,要是能早点想明白,就不会有那么多的悲伤了。"

林悠悠觉得自己小看姐姐了。原来姐姐活得这么通透豁达，而她还担心姐姐因为魏景夏没去看比赛而割腕了，想想真是可笑。

"你确定你没事了？"林悠悠虽然心里认同姐姐说的话，嘴上还是忍不住确认一番。

"嗯。"林佐佐认真地点了点。

午后的阳光透过窗户，洒在姐妹俩平静的脸上，像极了夏赛里奥的那幅名为《两姐妹》的油画。

整理好衣服和心情，林悠悠跟姐姐前往了陆黛儿所在的医院。

一进医院大门，林悠悠便闻到了一阵刺鼻的消毒水的味道。

说实话，她对这种味道是有种恐惧的。每次一闻到这种味道，她就会想起母亲去世的场景。

七年，用来遗忘那件事远远不够。

林悠悠环顾着四周，有人自己举着吊瓶，茫然地穿行在走廊间；有人坐在轮椅上，若有所思地望着前方；有人躺在担架上看着天花板，脸上露出疼痛过后的平静。

医院是一个救赎和离别的地方。

人们或焦躁不安或平静祥和，人们总是来了又走，灯光、墙壁、病床、被褥都是清一色的白，纯粹中带着一点哀伤。

林悠悠给魏景尚发了个定向漂流瓶，问他们在哪个位置。

等待回复的时间里,她跟姐姐坐在大厅的椅子上,看着不断穿行的人。

不一会儿,魏景尚给她回了一个漂流瓶,告诉了手术室所在的位置。

她推了推姐姐的肩膀,林佐佐会心地点了点头,两人便手拉着手上了楼。

楼梯间静得出奇。

林悠悠感觉,有时候安静也是件令人恐惧的事情。她抓紧了姐姐的手,加快了脚步。

一楼,二楼,三楼,四楼。左转,经过服务台,在走廊尽头右转,她看到了一大群人,或坐在椅子上,或伫立不动,或来回踱步,但是他们的脸上清一色都是焦急和不安的神情。

当然,这些神色林悠悠在魏景尚的脸上是看不出来的,她只能从他轻轻颦起的眉头判断,此刻他定然也是很着急的。

"来了?"魏景尚听到脚步声,回头一看,便快步迎到林悠悠面前,他又转身对林佐佐说,"你没事吧?"

"我没事。"林佐佐摆了摆手,轻声说了句。

魏景夏这时也凑了过来,关切地看着林佐佐,抱歉道:"对不起,我今天没去看你比赛。"

"没事,你也是遇到了紧急情况,我能理解。"

"你比赛怎么样了？"

"我姐是第一名！"林悠悠略带自豪地说。

"真棒！"魏景夏冲林佐佐眨了眨眼。

"陆黛儿怎么了？"

"情况好像不太乐观，手术已经进行了两个小时了，现在还没结束。"

"她会没事的。"林佐佐看着魏景夏，宽慰道。

"这到底什么情况啊？"林悠悠问。

魏景夏抢着答："我也不知道，听保姆说好像是她吃了个炸鸡和啤酒的外卖，然后就开始了腹泻和高烧。难道是那鸡没有做熟？陆黛儿是感染了禽流感病毒？"

"你别在这儿危言耸听，禽流感病毒在100℃高温下一分钟就死了，炸鸡随便都不止100℃了！"魏景尚对于弟弟这种毫无科学依据的猜测给了一个大白眼。

"也是，也是！不过据说最近禹城已经出现了多例人类感染禽流感的病例了，你们一定要小心啊，要照顾好自己知道吗？"魏景夏尴尬得赶紧转变话题。

"知道啦。"林悠悠和姐姐点了点头。

这时，手术室的灯突然灭了，紧接着手术室的大门打开，医生首先走了出来。

"医生，我女儿她怎么样了？"一位中年妇女连忙凑了上去，声音略带疲惫和沙哑，看来是已经哭过一场。

"不要紧张，手术很成功，您的女儿已经度过了危险期。"医生摘下口罩，平静地说。

"真的？谢谢医生，谢谢你。"陆黛儿的母亲瞬间像是被抽走了浑身的力气，她泪流满面地一边道谢一边顺着墙壁滑坐到地上。

陆黛儿的父亲卧病在床，自然是没有过来，在场的只有陆黛儿的母亲、小姨、两个室友以及陆黛儿的一个爱慕者，当然，还有林家兄弟和魏家姐妹四人。

"不过，她现在还处于昏迷状态，我们预估，她应该很快就会醒过来。"

这时候陆黛儿被推了出来，素颜的她仍然美得动人，白得近乎有些发亮的皮肤，让她好似一个躺在床上的瓷娃娃。

她被推进了住院部的病房，陆黛儿的母亲刘梅坐在病床边，抚摸着陆黛儿的脸，呜咽地讲了些话，众人也没怎么听明白，末了，她还恶狠狠地瞪了魏家两兄弟一眼，大概是在责备他们魏家没有照顾好自己的女儿。

这时候，陈兰也来了。

看她风尘仆仆的样子，应该是紧急处理了一些事务就赶了过来，她神情平静地看着屋里的人。

"刘梅，黛儿她怎么样了？"陈兰关切地问。

"托你的福,已经度过危险期了。"刘梅冷冰冰地回答。

"我……对不起,是我没有照顾好黛儿。"

"不,"刘梅抬手打断了陈兰的话,"是我的错,我错看了你们魏家。我们出去再聊。"

就这样,两个人走出了病房。

病房里静得很,只听得两双高跟鞋的声音渐渐变得模糊不清,"砰"的一声,房门合上了。两个商业女强人的背影也就定格在她们走出去之前的那个瞬间。

突然,一墙之隔的走廊里传来激烈的争吵,陆黛儿的小姨皱着眉也出去了。

因为不太好掺和大人之间的事情,房间里剩下的几个人一时间也犹豫不决,既想着出去看看什么情况,却又迈不开步子。

房间里的人都只得面面相觑,总觉得气氛很尴尬,又不知道现在该说什么。

总不能说"好巧啊,一场假禽流感把我们聚在了这里"吧?

魏景夏清了清喉咙,看了看陆黛儿的三个同学,轻声说:"你们是陆黛儿的同学吧?我好像在隔壁班见过你们。"

"嗯,我跟芝芝都是黛儿的同学兼室友。"陆黛儿其中一个同学抬头看了看魏景夏,开了口。

"是的,我跟盈盈一听陆黛儿出事了就赶紧跑过来了。"芝芝说。

"那你是……"魏景夏看着那个腼腆的小男生。

男生便是陆黛儿的追求者张爱良,他长着一双丹凤眼,一对星眉斜飞入鬓,两片薄唇如刀。这若是生在古代,定是个风度翩翩的英俊公子,但是偏生在现代,加上他内向的性格,于是便给人一种文弱书生的印象。

魏景尚心想:难怪追求了陆黛儿这么久,她都没有答应。

"我叫张爱良,我也是陆黛儿的室友。"

"啊?"在场所有人都异口同声地惊呼,用一种难以置信的眼光盯着他。

"哦,抱歉说错了,我也是她同学。"

"嗨,吓我们一跳!"

"我一直挺……挺担心陆黛儿同学的,所以一紧张说错了话,不好意思,大家见谅。"

"没事没事,陆黛儿一定会好起来的。"魏景夏起身,拍了拍他的肩膀。

房间外的争吵声似乎一点也没有停息的意思,反而变得更大声了。其间又加入了护士劝架声以及医生的喝止声。

众人连忙出去查看情况,魏景夏回头又拍了拍张爱良的肩膀:"我们去看下情况,你留下来照看黛儿,要是有什么情况,记得按墙上的服务灯!"

"好的,我一定好好照顾陆黛儿!"

"嗯。"魏景夏点了点头,跟着他们出了病房。

一出病房,他们就看到陈兰跟刘梅剑拔弩张,怒视着对方。

"不管你怎么说,反正我们虹森跟你们铂盛的合作就到此为止,就在我说的这一刻,停!止!合!作!"

"刘梅,你这是公私不分!怎么能让小孩子的事情,影响了我们两家的合作呢?"

"哼,小孩就不是人吗?你们今天差点把我女儿害死,我还要跟你们合作?"

"今天的事情只是个意外,陆黛儿自己不知道吃了什么东西过敏导致晕倒,我们大家都不想的啊!再说,我们合作这么多年,创造的利益你又不是没看见,这么说断就断,合适吗?"

"哼,我女儿现在还在昏迷,你跟我谈利益?不好意思,我不想谈,也没那个心思谈!"刘梅说着,转头低声对医生说,"医生,要是我女儿醒了,请第一时间通知我!"

说着,刘梅将自己的名片递到了医生的手中,然后再次面对陈兰:"合作的事情之后再说吧,我累了,我要先去照顾我女儿。"

刘梅说完,便自顾自地走了,陆黛儿的小姨赶紧跟在身后也走了。

陈兰无奈地看了一眼前面的两个身影,只得叹了一口气,恨恨地瞪了自己两个儿子一眼,转身下了楼。

"哥——"魏景夏看着哥哥,一时间不知所措。

"虹森一直是我们铂盛最大的合作商,如果失去虹森,铂盛一年至少损失五十亿。"

"多少?"林悠悠瞪大了眼睛,去年已经被魏景尚的五百万刷新了三观,现在又听到了一个不得了的数字。

"五十亿。"魏景尚又复述了一次,"而且这只是明面上的收入,是可以通过数据计算得到的,所以说出来也无妨,可是两个品牌合作产生的品牌效应和产业链如果就此断掉,损失的可能远远不止这五十亿。"

"那怎么办?"魏景夏焦急地看向哥哥。

"只能尽量想办法,看看怎么劝说刘阿姨不要中止合作了,其实两家公司的合作签了合同,她贸然单方中止合作要付违约金不说,而且对虹森也不是什么好事,她这样完全是伤人一千自损八百的方法,反而让别的公司渔翁得利。我看刘阿姨也是看陆黛儿生病了,正在气头上,现在只能期望陆黛儿赶紧醒过来,看看能不能通过她劝说刘阿姨,这样刘阿姨应该会消消气,冷静下来后,肯定还会继续跟铂盛合作的。"

"嗯,看起来,目前好像也只能这么做了。"

两天后,陆黛儿母亲刘梅果然单方面中止了跟铂盛的合约。一时间流言四起,更有甚者说陈兰是刘梅丈夫陆卫国的小三,总之各种传言遍布禹城的大街小巷。

铂盛的化妆品牌股价大跌，仅仅两天，销售额骤减，而且名声变得很差，网上还有人爆料称铂盛集团的化妆品中添加了铅等有害金属，一时间人们对铂盛的骂声不断，更有人举着牌子在禹城大街小巷游行，呼吁大家抵制铂盛化妆品。

魏景尚发现其中一家化妆品公司在这个事件中受益最多，他感觉到有些不对劲。

一周之后，铂盛集团被推向舆论的风口浪尖，有关部门已经介入调查，以确认铂盛是否添加有害金属。一些商家迫于舆论压力，都自愿下架了铂盛集团的化妆品；同时，铂盛集团许多中高管纷纷辞职，据说是被另一家化妆品公司挖了去，铂盛陷入内忧外患，已经濒临崩溃的边缘。

就在魏家焦头烂额之际，张爱良打来电话，说陆黛儿醒了。

要说张爱良也是痴情，从陆黛儿昏迷开始，就日日去医院照看她，就连刘梅都没有去的那么勤快。

魏景尚得知消息，连忙冲到了医院，想找陆黛儿了解那天的情况，不料却被她母亲刘梅挡在了病房外面。

"你来做什么？"刘梅的声音已经疲惫得仿佛风一吹就散了。

"我来找黛儿了解一些情况。"魏景尚小心翼翼地说。

刘梅眉头深深皱着："她才刚醒，我不希望你们魏家现在来打扰她！你们铂盛现在出了这么大的事情，还是赶紧去处理自己的破事吧！我们陆家的事，你就别瞎操心了。"

"刘阿姨，我这次来就是为了了解情况的，你也知道现在铂盛陷入了麻烦，我怀疑这件事情没有想象中的那么简单！"

"那事情是怎么样的？你的意思是我们虹森在从中捣鬼？难道说我亲手害了我自己的女儿？"

"刘阿姨，我不是那个意思，我是怀疑，这件事情背后恐怕还有另一个幕后黑手，想要置铂盛于死地！"

"哼！"刘梅轻蔑一笑，"那跟我又有什么关系？"

"刘阿姨，您想想，这幕后黑手为了打垮铂盛不惜伤害您的女儿，要是铂盛真的倒下了，您觉得，他会放过虹森吗？"

刘梅闻言，表情逐渐凝重，她没有再反驳什么。

魏景尚乘胜补充："我们现在需要做的是赶紧找到幕后黑手，这不仅仅是给陆黛儿一个交代，也是给铂盛和虹森一个交代啊。"

刘梅也算是见过大风大浪，不会轻易被魏景尚给说服，她若有所思地望着眼前这个年轻人，看来陈兰的儿子也并非是草包之流。鹬蚌相争渔翁得利她懂，魏景尚说的这些她也都想到了，所以这些天也在私下调查这些流言的端倪和起源。

她轻轻一笑，眉头的愁云并未解散多少。她对魏景尚道："年轻人，我姑且相信你，给你三天时间，若是你没有找到所谓的幕后黑手，那对不起，这件事情，我也不想再管了。"

魏景尚见她有所动摇，立刻兴奋了："好的，阿姨，我一定尽力而为。那现在,我可以进去看望一下陆黛儿了吗?"

"你别问得太紧,黛儿才刚醒,身体还很虚弱。"

"我会注意的!"

从和陆黛儿的谈话中,魏景尚得知,那顿炸鸡不是陆黛儿自己点的,而是一个所谓的"追求者"托外卖小哥送来的。

魏景尚觉得事情很蹊跷,于是去售卖炸鸡的店铺询问了当天外卖小哥的情况,然后找到了外卖小哥。

外卖小哥一开始特别不合作,因为他送的外卖导致了陆黛儿中毒,虽说主要是商家的问题,但是无奈他只是个最底层的外卖人员,所以背了黑锅被解雇了。

魏景尚费了许多口舌,保证事情查明之后给他一个交代,外卖小哥终于松了口。

他说那天有个人往魏家点了一份外卖,说是给一位姓陆的女生点的,然后在快送到的时候,被那个定外卖的人领走了,说是想自己亲自送到女生的手上,于是外卖小哥并没多想就把那份外卖给了那个人。

魏景夏听外卖小哥的描述,觉得极有可能是下订单的人将外卖掉包了,这才导致了陆黛儿中毒的情况,而现在正是禽流感的多发时期,人们就很容易将这两件事情联系起来。

不过看目前的情况,再结合后面铂盛遭到的各种重伤和陷害的情况分析,很可能是有人刻意而为之,就是为了破坏铂盛跟虹森的联合,然后逐个击破!

这个计划太可怕了,手段也是极其阴险狠毒,以至于魏景尚一时间都有些难以接受。

他思考了很久,拨通了林悠悠的电话,跟她说了事情的所有经过,并告诉了她自己的想法。

"什么?你是说,龚子游?"林悠悠听到那个名字,不可置信地捂住了嘴。

"是的。"那头传来魏景尚低沉的声音。

"他为什么要这么做?"

"应该是受人指使的。"

"天哪,这太可怕了,到底是谁策划了这么恐怖的事情!"

"目前还不知道,我会继续调查的,所以,我需要你的帮助。"

"我?我能帮到你什么?"

"我有个主意——"魏景尚压低了声音。

"真的,行得通吗?"林悠悠听完,不安地说。

"目前也只能走一步算一步了,而且,刘阿姨说了,只给我三天的时间,所以,我们可得抓紧时间行动了!"

此时,大三下学期已经接近尾声,靖海跟秀央的许多专业都开始进入到了实习学期的准备阶段,学校也发了实习任务书,可是林悠悠还在为这些天发生的事情烦恼着。

龚子游这天在图书馆碰到了林悠悠，林悠悠也看见了他，心里一惊，转头就走。

　　龚子游见状，连忙追了上去："你跑什么，我会吃了你吗？"

　　"你连你自己的良心都能吃，还有什么是不能吃的？我不想再看到你！你别跟着我了。"

　　"哼，就因为魏景尚有钱，所以你看不上我是吗？"

　　"不，你跟他之间，远远不是金钱的差距。"

　　"那只是你自己觉得！你自己睁大眼睛看看，卖假货、添加有毒金属、不正当竞争，他们魏家也不是什么好东西，铂盛现在大势已去，你跟着魏景尚是不会有什么好结果的。"

　　"那我也不会跟你！"

　　"你怎么就不明白呢！我跟你才是同一类人，那种有钱人，你沾上了除了自讨苦吃还能得到什么？你真以为嫁过去就能当个幸福的少奶奶？别做梦了！"

　　"你别往自己脸上贴金了，我跟你才不是同一类人！我还遵守着做人的底线，你有吗？"林悠悠瞪着他，仿佛要用目光将他杀死。

　　"我——"龚子游脸一红，一时语塞，"是，我没底线，我就想问你一句，你想救魏景尚吗？"

　　"你说什么？"林悠悠一下愣住了，她没想到龚子游竟然就这么亮了自己的底牌。

而这也恰好是她的死穴。

"我可以帮魏景尚,帮铂盛集团洗白,我只有一个条件。"

"什么条件?"

"你离开魏景尚。"

"你——你让我恶心!没想到你是这种乘人之危的小人。"

"随便你怎么说,我只想知道你的回答,同意还是拒绝?"

林悠悠抬头看着天空,天空灰着脸不回答,可是她分明听到了一声无奈的叹息。

事已至此,如果这能帮到魏景尚的话,她还能说什么呢?

这样想着,林悠悠的眼里噙满了泪光,她只得沉重地点了点头。

第十章 天生一对

她还没有准备好，但我可以等，用我的一生去等。

一转眼，已过去许多年。

这天，气象台发布了红色暴雨预警。

林佐佐早早收了店，将客厅散落的儿童玩具收到纸箱里面。

她走到窗边，看了会儿天空，天空阴着脸，她也叹了口气，将窗户上了锁。

不知道大洋彼岸，现在会是什么天气呢？

突然雷声轰鸣，天空中下起了雨。

魏景夏闻声从房间出来，双手从后面环住林佐佐的腰，轻声说："看这架势，这场雨得下很久啊。"

"是啊，"林佐佐回头冲魏景夏温柔地笑了笑，"壮壮睡了吗？"

"睡着了，"魏景夏挑了挑眉，露出猥琐的笑容，"咱们是不是该抓紧时间,给壮壮生个弟弟或者妹妹啊?"

"呸!"林佐佐一个粉拳砸在魏景夏的怀里,"不正经,你不嫌累我还嫌不得安宁呢!"

"好好好,一切都听老婆大人的!"

"不知道德州那边,现在是什么天气呢?"

"现在大概是八九点,太阳正晒到屁股上呢。"

"你能不能正经点啊?"林佐佐双臂搭在魏景夏的肩头,把头埋在他的胸口,轻声说,"咱们回房间去吧。"

"嗯。"

两人关了灯,缓缓走上了二楼。

客厅的木桌上,一张报纸静静地躺在上面,惊雷一闪,映出上面的日期。

2020 年 10 月 1 日。

报纸的一角是头条新闻的一部分。

"铂盛集团董事长宣布离职,将自己持有的百分之五十股份全部交给胞弟魏景夏,而前任董事长的下落,暂时没有做出公布。"

半夜,林佐佐半梦半醒之间听到了一阵急促的敲门声,她惊醒过来,强忍着睡意,连忙去开了门。

"壮壮?这么晚了你怎么还不睡啊?"

"外公,外公他说腿疼得厉害,都喊了半个小时了。"

因为考虑到林建国年事已高,林佐佐不想让林建国每天爬上爬下,于是便把林建国的房间搬到了一楼,但是又怕他一个人待在一楼有些孤单,便隔三岔五让壮壮去跟外公睡一晚,让他陪外公聊天。

"一定是这几天都在下雨,他的风湿病又犯了!"

"妈妈,那怎么办啊,我们要不要把外公送去医院啊?"

"壮壮别急,妈妈会处理好的,你今天先回自己房间睡觉吧,好吗?"

"哦。"

林佐佐目送壮壮上了三楼,连忙叫醒一旁呼呼大睡的魏景夏。

"别睡了,快起来。"林佐佐拍了拍魏景夏的脸。

魏景夏估计当成蚊子了,把她的手一甩,侧个身又继续睡了。

"哇,那边海滩上有好多比基尼美女啊——"

"哪儿呢,哪儿呢?"魏景夏一个机灵,背部像装了一个弹簧似的,猛地坐了起来。

"魏!景!夏!"

"媳妇儿,这大半夜的把我喊起来干啥呢?"

"我爸他风湿病又犯了,壮壮说都呻吟了半个小时了,你赶紧带他上医院看看去。"

"好。"魏景尚抓了抓头发,特别无力地应和道。

他起身将睡衣换了,打开抽屉,伸手往里随意一掏,抓出来一坨东西，打开门准备下楼。

"等等——"林佐佐冷冷地说。

"媳妇儿，又怎么了？"魏景夏回头看着她。

"你去干吗？"

"我下楼开车送咱爸去医院啊。"

"你看看你手里拿的是个什么东西！"

"车钥匙啊——"魏景夏一脸茫然，低头一看，赫然发现自己手里正抓着林佐佐的黑色发圈，上面还套着一条短短的金属链子，链子底部是一个圆形的装饰物。乍一眼看上去还真的以为是一把钥匙。

林佐佐笑了笑，摇了摇头，说："你这眼神啊，我可真担心你一会儿把车开进沟里去，难怪你考个驾照考满三年，差点都过期了才拿到证。"

"哎呀，媳妇儿你怎么又提我的伤心事儿啊！我这不是刚醒嘛，拿错钥匙很正常啦，我去洗把脸，我怎么可能会掉沟里呢？一会儿保证把咱爸安全送到医院去！"

"下雨路滑，记得开慢点！"林佐佐叹了口气，总感觉有种不祥的预感。

事实证明，林佐佐的预感是正确的。

魏景夏倒也没说错，他确实没有把车开到沟里，因为他直接把车开到河里去了。

当时天黑路滑，加上大雨一直下个不停，他一个转弯，车轮打滑，车辆直接撞断了围栏，直直朝河里冲去。

也得亏他反应快，打破了车窗，开了车门，拉着林建国游到岸边，正好路过的巡警看到，将他俩送到了医院。

魏景夏倒只是受了点轻伤，林建国却呛了几口水，没有什么大碍，但是仍在昏迷当中。

林佐佐闻讯，带着壮壮也赶到了医院，毕竟是意外，她也没有一上来就责怪魏景夏，只是两人商量着，要不要通知林悠悠。

"这么算来，悠悠去美国已经有五年了吧？"

"嗯，自打2015年参加完咱俩的婚礼之后，她就跟……就去了美国。"魏景夏差点把"龚子游"三个字说出口，但是他忍住了。

"她这么久都没有回来，大概是有什么不得已的苦衷吧。"林佐佐看着昏睡的父亲，岁月在他的脸上留下了数不清的伤痕。

林佐佐有时也挺纠结的。一方面她觉得命运挺好的，给了她幸福的生活，自己也组建了小家庭；一方面又觉得命运是如此不公平，父亲这么忠厚老实的人，竟然遭受一次又一次的苦难。

她想起了之前发生的一件事。

就在林悠悠出国的第二年，林建国的老丈母娘去世了。

刚服完丧，回家的路上，一个不识趣的邻居拦住了林建国，居然还小声恭喜他:"恭喜啊,终于摆脱了任家,可以再娶个年轻漂亮的媳妇了。"

林建国的情绪在那一刻爆发了,他朝那个人的脸上重重地挥了一拳,那个人的头磕在混凝土墙上,一下昏迷了过去。

林佐佐长这么大,还是头一回看见父亲动手打人。

经过抢救,那人也并无大碍,林建国打人纵然不对,但是毕竟也是那邻居挑起的事端,警方出面调解,但是那家人说什么都不同意私下和解,还闹上了法庭。

法院判决林建国故意伤人,罚了十万元,还判处一年的有期徒刑。

林建国经营海鲜店多年,身体本来就劳累不堪,丈母娘的死对他的打击就挺大的,如今锒铛入狱,更是让他心力交瘁,这还没转送到监狱,他就晕倒在了拘留所里。

对于这种情况,是可以提出保外就医的,陈兰得知此事,觉得自己当年有愧于林建国,于是各处奔走,最后通过各种渠道和人脉,帮林建国办理了保外就医。

林建国虽然被暂时保释了,但是病情却也时好时坏,经常精神恍惚,嘴里念念有词,含混不清,像是在喊任娟,又像是在喊林悠悠。这种状态自然是不能再继续打理店子了,于是婚后的林佐佐信守当年自己的承诺,留在了海鲜店。

陈兰跟魏景夏劝了很多次,想要将林建国跟林佐佐接到魏家,毕竟两家已是亲家,家里有保姆,人也热闹,互相之间有个照应,但是林建国说什么也不肯，林佐佐也没办法，便跟父亲留在了海鲜店。

林佐佐接管了小店，魏景夏心想不能让她的天赋浪费，于是提了个建议，弄了个什么音乐主题海鲜馆，还把店子的名称改成"深海之音——生猛海鲜馆"，林佐佐隔三岔五会在店里表演小提琴，当初林佐佐也是本着试一试的心态，没想到这一主题推出后，大受追捧，店子规模扩大，连锁店也是开了一家又一家，再结合魏景尚开创的电商交易平台，带来了许多商务上的合作，据说最近在谈国际的合作项目。

看起来像是一切都在好转，没想到这一场大雨又再一次让这个家庭蒙受了苦难。

林悠悠第一次听说德克萨斯州，是在一部电影里面。

她觉得，自己一定是疯了，才会在五年前答应龚子游的要求。

也许当时真的有更好的办法解决铂盛的危机，也许真的能找到一个方式将这件事的伤害降到最低。

可是，她还是选择了最直接、也是听起来最愚蠢的方法——离开。

她实在无意将自己的不辞而别说得那么伟大神圣，可是她总觉得，她似乎能懂当初龚子游离开的原因了。

到了美国，林悠悠的生活也没有姐姐想象中的那么自由美好。

她仍能记起，那个午后，德州的阳光洒在脸上，空气里满是新鲜番茄的香气。

巨大的风力发电机茫然而不知疲倦地转动着，仿佛将陈旧的记忆吹到更远的地方去了。

龚子游的脸色有些苍白，笑着对她说："其实我两个月前就知道自己得了癌症。"

"你说什么？"林悠悠一脸的难以置信。

"一开始我不理解，也不甘心，为什么他们都能陪在爱人的身边，而我总是孤独一个人？就因为我曾经当了一次懦夫，我就再也不能成为别人的英雄了吗？"

林悠悠沉默了。

龚子游继续说："但是啊，现在我想明白了，人们不是说了吗，有些东西就像沙子，抓得越紧就流失得越快，以前我总想和你在一起，是想带给你快乐。但是现在，我已经没有几个月的时间了，与其把你拴在我身边，看着你郁郁寡欢，倒不如放手，也许以后你还能念着我的好，等我死了以后也不至于还对我怀着那么深的仇恨。"

林悠悠看着龚子游，眼里一下子噙满了眼泪。

"你回去找他吧,我还有一些积蓄,一个人在美国也不至于饿死。"

林悠悠的眼泪滴落在手背上，她摇了摇头，说："我会留下来陪你。"

"别哭了,你笑起来那么好看……我喜欢看你笑……"

林悠悠连忙抬手擦去了脸上的泪痕。

德克萨斯州,州名来自于印第安 Hasinai 族中的 Caddoan 语"tejas",意味着"朋友"。

两个青梅竹马的好朋友,曾经那么要好,然后因为命运的捉弄而站到了对立面,而现在,同样是因为命运,他们又走在了一起,在大洋的彼岸,在温暖的阳光下完成着对彼此的救赎。

龚子游倾尽自己所有的积蓄,在德州买下了一块地。他们在春天播下种子,在秋天收获。闲暇时间也会帮当地的人们去放羊。

林悠悠也会经常想念禹城的一切,她没有感觉遗憾,她觉得经历过那些青春里的幸福和伤痛,其实就挺满足的了。

她几乎每天都会跟父亲林建国通视频电话,并告诉他自己过得很好。

虽然她总是一挂完电话,就会将脸埋在手掌里偷偷哭泣。哭过之后,她看向窗外,所有的枯叶都已经落尽,天空灰蒙蒙的,德州的秋天跟禹城一样,来得特别迟。

她每次想到龚子游的话"你笑起来那么好看,为什么要哭呢",就淡淡一笑,收拾起所有情绪中的疲累,掬水洗一把脸,推着轮椅上的龚子游在广袤的田野里漫步,看夕阳看野花,看微风拂过地面的一片金黄。

龚子游的癌症已是晚期，癌细胞扩散至下半身，自然也影响了他的运动神经，他现在意识尚且清醒，但是双腿已经不能走路了。

林悠悠就这样，陪伴了龚子游生命中最后的时光。

他们以好朋友的身份，完成了对彼此的救赎。

她常常在想，其实人的一生有无数多的片段，有开心的，也有难受的，有漫长的，也有短暂的。但是没有一个人能陪你一直走到永远，总是有人会提前离开，可是有些人，你总会记得，天空也会记得。

三年后，龚子游在医院的病床上离开了人世。

他走的时候脸上没有一丝痛苦，那天的天空也特别晴朗，仿佛一切都释然了。

林悠悠遵照龚子游的遗愿，将他的骨灰埋在了房屋前的白棉树下。

在那之后，白棉树的长势出奇好。

林悠悠将龚子游的骨灰埋下的时候，这棵树还是幼苗，两年过去，已经长得跟她一般高了，枝繁叶茂。

她轻轻地抚摸它的树干，透过树冠看到了沉默不语的天空，她本来以为，自己会在这片土地继续生活、耕作，最后默默死去……直到她接到了姐姐的电话。

她的心突然感到一阵剧烈的绞痛,她仿佛接收到了一种强烈的预感。

"悠悠?"

"姐,怎么了?"

"爸他——"林佐佐语气中有些犹豫,"爸他昨天出了车祸,现在还在昏迷中!"

"什么?"林悠悠急得一下站了起来,怎么昨天还好端端的一个人,今天就昏迷不醒了呢?

林佐佐沉默了。只有她知道,当初妹妹是为了保全魏家牺牲了自己,她今天之所以能跟魏景夏幸福地生活在一起,不得不说也是林悠悠帮了很大的忙。所以,她觉得自己没有什么立场要求林悠悠必须回来照顾父亲。

"我马上回去。"

林悠悠挂断电话,买了连夜回国的航班。这些年来,她做的这些决定,全然没有一丝后悔,但是她唯独对一个人感到了万分的亏欠。

那就是父亲林建国。

她何尝不想回去侍奉自己的父亲,何尝不想回到那个熟悉的城市生活?

但是她害怕,若是禹城还像从前那样,她会不会触景伤情;若是禹城已经面目全非,她又该怎么面对?

如今龚子游去世已有两年，那片土地耕种又收获了几载，她觉得，自己是时候放下恐惧，回到禹城面对这一切了。

在机场的时候，林悠悠好像看到了一个熟悉的身影。

她向来没有看电视新闻和报纸的习惯，自然不知道魏景尚辞去董事长职务交出股份只身出国的事情。

直到那个人转过身，林悠悠愣住了。

匆匆而过的行人穿行在他们之间，仿佛那些将他们分隔了很多年的时间的洪流。

两个人缓缓走在一起。

"好巧啊。"林悠悠嘴里说着老套的台词。

"不巧，我是特意来找你的。"魏景尚还是一脸的冰冷，但是看她的眼神却是那么直接而炽热。

"是吗？"林悠悠受宠若惊。

她心有愧疚，离开之后她从来没有跟魏景尚解释过，而她跟龚子游的事情，魏景尚应该已经猜到一二了吧。

"当然，本来我以为，只要我不断告诉自己，你爱的人不是我，我就能渐渐把你忘掉。但是我错了，五年，用来忘记一个人，还远远不够。我想明白了，就算你选择了他，你真的不爱我了，我也要听你亲口对我说。"魏景尚直视着她闪躲的眼睛，一个字一个字说得缓慢而清晰。

林悠悠很想说自己不爱他了要他不要等自己，可是她发现她无论如何都开不了口，只得哀伤地望着魏景尚。

　　"即便我大老远跑来美国，你还是要选择龚子游吗？他人呢，我要跟他公平竞争。"

　　"他……已经不在了。"

　　"……"

　　魏景尚愣了愣："发生了什么事情了，能跟我说说吗？"

　　"他得绝症去世了。"

　　魏景尚皱了皱眉，道："这些年，你过得还好吗？"

　　"挺好的啊，比我离开禹城的时候，还胖了几斤呢。"林佐佐故作轻松地笑。

　　"那就好。"魏景尚尴尬地安慰着——这是他最不拿手的事情。

　　"你跑来美国，那铂盛怎么办？"

　　"我已经辞职了，股份也给了景夏。"

　　"什么？"林悠悠难以置信地看着他。

　　"景夏这些年成长了不少，我觉得公司交给他完全没有问题。"

　　"我倒不是对魏景夏的实力有怀疑，我是想说，辞了职，你怎么办？"

　　"我怎么办？"魏景尚突然笑了，"五年了，你还知道关心我吗？"

　　"我……对不起。"

"我不需要你的道歉。"

林悠悠一脸歉疚地看着他。

"我要的是你的未来。"魏景尚朝林悠悠缓缓伸出手。

林悠悠愣了一下,苦涩地笑了笑,道:"再给我一点时间,好吗?"

魏景尚心疼地看着眼前的女孩,虽然不解,但还是垂下了手:"好,五年我都能等,就算再等五年又有什么关系呢?"

这时候机场里响起了广播,俩人换过登机牌,准备过安检进入候机厅。

过安检的时候,一位中年大叔被告知飞机上不能带液体,他死活不答应,非要将手里的一瓶液体带上飞机,于是跟工作人员争吵起来。

"This is my father's wine!"

一番吵闹下来,大致了解了事情的原委——大叔是法国农民,他死活要带着的那瓶葡萄酒是他家族酒庄酿的酒,如今酒庄转手了,他手里这瓶存放了许多年的酒就成了孤品,现在他要回到故土参加自己父亲的葬礼,想着带这瓶酒回去祭奠自己的父亲。

"This is my father's wine!"

他着急地又复述了一遍,由于英文不太好,他的英语中夹着浓重的口音,跟工作人员简直是鸡同鸭讲。他含着眼泪,央求着机场的工作人员让他将酒带上飞机,可是得到的回答依然是"NO"。

于是一声清脆的哀号久久回荡在德州机场的上空。

逼不得已,他打开那瓶葡萄酒,忍着泪准备喝下去。

这一瓶酒这么灌下去,不醉也会有损健康。

魏景尚连忙走到他的面前,制止了中年大叔。他用一口流利的法语跟那个中年大叔交流了一番,告知他红酒可以通过托运送回法国,转头又用纯正的英语跟机场的工作人员沟通,最后带着大叔办理行李托运。

林悠悠等了几分钟,机场的广播提醒她所坐的飞机已经抵达机场了,她必须赶紧准备登机了!

可是,魏景尚还没有回来,她甚至都不知道魏景尚跟她是不是同一趟航班,万一他坐的是一个小时后的那班飞机呢?

现在正值旅游旺季,如果她错过了这班机,不知道还能不能抢到别的回国的机票。

可是她没有一丝犹豫,选择了等他。

他可以为了她千里迢迢来到这里,她为什么不能等他呢?

魏景尚跟那个法国中年大叔匆匆赶回来了,可是等他们过了安检,穿越了候机厅长长的甬道,一架飞机渐渐升空,最后消失在了云端。

可是一回头,魏景尚顿时笑了——他心爱的女孩还在,一切都不那么重要了。

林悠悠生气地噘着嘴,面带责备地看着魏景尚慢慢走近。

"都怪你!"

"我又怎么了?"

"哼!"林悠悠转过头,气得跟只河豚似的,一跺脚转身去刷新航班的最新动态。

有阵阵熟悉的香味袭来,一转头,她赫然发现那两个人瞬间各买了桶泡面坐在等候椅上,一脸无辜地看着她。

"你们!"林悠悠心想,这俩人心是有多大,飞机都耽误了,还吃得下?!

香气缓缓传入林悠悠的鼻子里,她的肚子"咕噜"一声……

她这才想起来,从早上开始已经有好几个小时滴水未进了,此时已是口干舌燥,饥肠辘辘。

头顶又响起机场的提示音,说的是林悠悠的航班因为天气原因,推迟一个小时起飞。

"推迟了?刚刚起飞的那班不是我们的航班?"林悠悠惊得不轻。

"当然不是。"魏景尚轻松地掀开泡面盖子,一阵香气四溢。

"你知道我刚在生啥气吧!喂!你怎么不早说!"林悠悠终于知道,刚刚魏景尚为什么会用一种"关爱傻子"的眼光看自己了,合着那不是自己的航班，她白懊恼半天！

"屏幕上那么大个'delay'看不懂吗？啧啧，英文不好很不利啊！"魏景尚用叉子抄起一把方便面，送进了嘴里。

林悠悠下意识地咽了一口口水，道："我刚不是着急，没仔细看嘛！"

"哦。"魏景尚低头应了声，默默埋头吃面。

林悠悠咽咽口水，眼尖地看到魏景尚吃的竟是国内某师傅的泡面，那味道是她当年的最爱！

肚子饿得实在是失去理智了，她竟然冲动地一把抢过魏景尚手里的面，两三下就下了肚。因为生怕他再抢回去，她都没敢嚼就吞下去了，硬是烫出一头汗。

直到汤都喝得差不多了，她才心满意足地悄悄打了个嗝，一抬头，对上魏景尚似笑非笑的眼。

"你说，你这种行为算什么？"

林悠悠眨眨眼，故作理直气壮道："回国还你一箱！同胞之间要互相关爱，我这不是饿得慌嘛……"

"我是说，你和我，同吃一碗面，还要说得再直接一点吗？嗯？"魏景尚这个尾音拖得老长，带着一丝莫名的暧昧。

林悠悠一时间又囧又臊，对越来越厚脸皮的魏景尚有点没招。

一旁的法国中年大叔 Bastien 两三口就嗝完了，情不自禁地朝着林悠悠竖起了大拇指，用几句蹩脚的英文说着："China good！"

"China food good！"

"Your boyfriend also good！"

林悠悠笑了笑，突然她好像反应过来什么似的，笑容僵住了。

"他最后说了句什么？我没听错吧？"林悠悠看着魏景尚。

魏景尚窃笑了一声，耸了耸肩，把最后一口汤也喝进了肚子里。

"He is not my boyfriend！"林悠悠急红了脸，连忙摆手解释。

"Why？"Bastien 茫然地对魏景尚说，"Couple bien vous est nature！"

后半句是英语夹着法语，所以林悠悠没听懂，赶紧找魏景尚解疑："他说的那句是什么？"

"他说，我俩是天生一对。"

"放——"本来林悠悠想说放屁的，可是顾忌到不能毁了国人在外国友人面前的光辉形象，于是只好尴尬地笑了笑，"随便了，你开心就好。"

Bastien 给魏景尚和林悠悠讲了许多关于法国的故事。

魏景尚微笑地听着，听完一小段还给林悠悠翻译。

林悠悠听着那些浪漫的场景，仿佛自己伸手就能触碰到那些风景。当然，她也听到了很多浪漫的情话。不知道是不是魏景尚自己杜撰进去的，这些也无关紧要了，她只觉得，此刻的自己是如此快乐。

　　一个小时的候机时间匆匆而过。他们上了接驳车，然后走进了机舱。

　　他们都走进了经济舱。

　　"你怎么不坐头等舱回去？"林悠悠震惊地看着魏景尚，这位从小就生活优渥的少爷也坐经济舱？

　　"因为不划算啊。"魏景尚笑得很灿烂。

　　"讨厌，干吗学我说话。"林悠悠打了他一拳，她想起了他们第一次相遇的场景，那么剑拔弩张，那么互不相让。当时的他们，定然想不到八年后的今天，两人会在大洋彼岸，这么心平气和地面对面站着，谈笑风生吧……

　　"因为我喜欢你啊。"魏景尚毫不避讳。

　　"魏景尚，我——"

　　"你不需要现在就就给我回应，我可以等。"

　　林悠悠叹了口气，在自己的位置上坐下来。

　　魏景尚则一屁股坐到了她的旁边。

　　林悠悠心里纳闷，是巧合？还是魏景尚耍了什么手段，强行换到了自己旁边的位置？

　　经历了飞机上升的小颠簸，飞机开始穿透云层，渐渐趋于平稳。

　　林悠悠看着窗外静静流动的白云，倘若此时有人也曾像当年的她一样茫然无措，抬头问着天空，她是否能够听得见呢，又是否能"替天行道"，为她解除心底的困惑？

空姐推着车子过来了，上面摆满了各式各样的饮料。

"What do you want？"空姐微笑着对林悠悠说。

"Milk，please."林悠悠礼貌回应。

空姐动作熟练地倒了一杯牛奶，就在刚要递到林悠悠的手里时，飞机突然激烈地抖动！空姐手一晃，牛奶洒了魏景尚一裤子。

机舱内也开始出现慌乱的声音。

"What happened?"魏景尚茫然地问着空姐。

"I'm so sorry."空姐连忙道歉并递给魏景尚几张纸巾，转身开始安抚其他乘客的情绪。

机长通过广播通知乘客：飞机遇到了强烈的气旋，所以机身摇晃厉害，如果这一情况在五分钟后还没有得到改善，恐怕就要进行紧急迫降了！

机舱里变得更加喧闹了，来自世界各地的语言也纷纷登场。

空乘人员纷纷走出来，不停安抚着乘客们，可是乘客们因为紧张害怕或者语言不通，还是各自激动得厉害，一时间，情绪传染十分激烈。

魏景尚见状，紧锁眉头扶着座椅，在不停晃动的机舱中踉踉跄跄地走着，往广播室走去。

只见一阵窃窃私语的声音过后,接着是一阵刺耳的电流音,调试的声音,又过了十几秒,林悠悠听到了魏景尚的声音,依然是那么沉静而平和,如流水一般,从头顶的喇叭中传了出来。

"I have been met a girl."

机舱内的喧闹声小了一些,许多人好奇地聆听着。

"Then I love the girl."

人们都不知道这个男声是要说什么,好奇心驱使下,大部分人都停下来,去听接下去的事情。

"She said not yet, but I can wait, it's going to be the cause of my life."

伴随着这句让人感动的誓言,飞机也终于穿越气流,逐渐平衡。

这时候魏景尚从广播室走出来,往自己的座位走去,一路上接收到了来自四面八方的赞许和鼓励。

人们似乎忘记了方才的慌乱和紧张,在随着魏景尚走到林悠悠身边的时候,全机舱的人都为他们鼓起热烈的掌声。

林悠悠听着各国语言的加油和祝福,又望着已经平静地坐回自己身边的男子,他眉目清朗目光深沉执着……

"爱的力量超越死亡。"林悠悠忽然想起这句话。

第十一章 远方的风

因为我相信你,所以我觉得,我等得起。

下了飞机,一路辗转,林悠悠终于又回到这个熟悉的城市。

魏景尚因为那杯牛奶导致形象不怎么好,所以决定先回家换身衣服再赶去医院。林悠悠则赶紧前往仁心医院。

隔着门口,林悠悠望着头发斑白的父亲,终于忍不住失声痛哭,这些年,她多么渴望和以前一样每天和父亲和姐姐在他们的小小海鲜店生活着忙碌着,有时候被父亲训斥,有时候听父亲教导……那些时光是她人生里最美好的记忆。

而现在,那个昏睡在病床上的老父亲,都不肯再睁开眼睛看看她了……是生气她这些年离家出走杳无音讯吗?

擦擦眼泪,林悠悠轻轻推开门。

在病房里照料林建国的是林佐佐,一旁的壮壮在低头写作业。

林悠悠轻轻唤了姐姐一声，林佐佐转过头，对她微微一笑。

壮壮闻声抬头，看到一位素未谋面但长得和妈妈很像的阿姨，他疑惑地看向母亲。林佐佐摸了摸他的头，对他说："快跟小姨问好。"

"小姨好！"壮壮清脆地喊。

"壮壮好。小姨在国外给你带了个礼物回来。"说着，林悠悠从手中的纸袋里翻了翻，拿出来一个包装炫酷的盒子。单单看这个盒子，就让人觉得里面的东西好像很厉害的样子。

"谢谢小姨！"

"真乖。"

"爸爸怎样？"林悠悠焦急地问。

"还好，身体机能都稳定，但不知道为什么一直没有醒过来。"

"辛苦你了，姐姐。"林悠悠上前一步，将姐姐轻轻拥在怀里。

林佐佐也感慨地回抱住妹妹。

壮壮小心翼翼地打开小姨送他的礼物，从里面拿出来一堆变形金刚的零件。

"哇，是变形金刚！"

看着壮壮的眼睛都冒着亮光，林悠悠跟林佐佐都笑了。

隔着这些年没有见面，姐妹俩到底还是感情深厚，气氛瞬间就如同小时候一样热烈亲密起来。

"你说你人回来就好了,怎么还买这么贵的玩具呢。"

"没事,咱们小时候一个洋娃娃还得俩人分着玩儿,现在时代不同啦,小孩子要求高得很,能让他们乐一乐就挺不容易的啦。"

"对了,你说你在美国包了块地种东西,包了多少亩啊,收成还好吗?"

"一千多亩吧。"林悠悠发现自己也变成了当年的魏景尚,可以轻描淡写地说出这些巨大的数据。

"一千多亩,都是你一个人种?不是吧?"

"姐,你拿我当超人使呢,那边都是高度机械化了,新能源无人机车,播种、收割一体化,我平时都在学校,也就偶尔回来看着。"

值得一提的是,林悠悠去美国倒也没有闲着,种地之余还继续深造,连续拿到了相关专业的硕士学位和博士学位。

"难怪你还能边打理边去上课学习,我还以为你成了超人呢。"

"我也想自己是超人啊,平时还要照顾龚子游,还好学校那边的功课勉强跟得上。田地这边收成也很不错,收获的粮食和蔬菜都包给了一个大型的经销商,每年倒也还有些收入。"

"那感情好啊,听得我都想去美国种菜了。咱家海鲜店这边啊,常常起早贪黑,加盟、分部各种事情都得我一手操办,忙得我像陀螺。"

"忙就多请点儿人手啊,咱家又不缺这点儿工钱。我看你啊,嘴上说着累,晚上数钱的时候都得笑出声了吧?"

"就你贫!"林佐佐佯装生气地瞪了妹妹一眼。

"姐,那你们先回去休息吧,我今天留下来守夜。"

"好。那我们先走了,明天下午的时候我过来换你的班。"

"嗯,明天下午见。"

道别了姐姐和壮壮,林悠悠又坐回到父亲床边的椅子上,痴痴地望着父亲苍老的面容,泪水再度顺着脸颊默默流下……

回了趟家后赶过来的魏景尚静静地站在门外,不忍心去打扰他们父女间难得的平静……

林佐佐回去之后,创建了一个名为"守夜小分队"的微信讨论组,组里有魏家两兄弟以及林家两姐妹四个人。

四人商量着轮流守夜来照看林建国,直到他醒过来。

林建国终于在第八天的清晨,像一棵小草一样,颤颤巍巍地醒过来了。当时守在林建国床边的正好是林悠悠。

林悠悠只觉得自己打了个盹,醒来的时候窗外已经是五六点钟的光景。

清洁工缓缓地扫着地上稀松的落叶,天微微亮,窗户蒙上了薄薄的一层水汽——已经是冬天了,可惜禹城从来都不会下雪。这好像是它的一种坚持。

远在大洋彼岸的德克萨斯州同样属于南方的城市,但是偶尔也会下些小雪。不过仍是比不上阿拉斯加州。

两年前她趁着冬季，独自去了一趟阿拉斯加州。

那天的雪很大，身边有几只雪橇犬匆匆跑过。她缓缓走着，回头看时，之前的脚印已经被雪覆盖了。

那时候的她就在想，若是能跟一个人，并肩走在这阿拉斯加的雪地里，一直走到两个人的脚印和身体都被这大雪覆了去，成为这奇绝的雪景的一部分，那该是多美好的一件事情啊。

……

"咳咳——"正失神间，突然传来一阵短促的咳嗽声。

林悠悠缓过神来，赫然发现父亲已经醒了。她惊喜地连忙按下了床头的服务灯，颤抖着呼叫值班人员。

"爸，你醒了？"林悠悠热泪盈眶。

"悠悠……你终于回来了？"林建国睁眼看到许久未见的小女儿，嘴唇都在哆嗦了，满是沧桑的眼睛里也蓄满泪水。

"嗯，回来了。"林悠悠握住父亲的手，像个孩子般在自己脸上摩挲。

"回来了，就在这儿待到过完年再走吧。"林建国像个孩子一样痴痴地笑了。

"爸，我不走了。"

林建国愣了愣，随后伸出颤抖的手，搭在林悠悠的手上面："也好,也好。"

林悠悠看到父亲脸上掩饰不住的开心,心中的歉疚便更深了。

"爸,对不起,这么多年我都没回来看看你。"

"唉,"林建国叹了口气,"一世人,两父女,这都是上天的选择,我教你为人女,你教我为人父,我俩是互惠共赢,哪有那么多谁对不起谁。"他淡然一笑,乖乖喝下林悠悠倒过来的水。

"爸——"林悠悠的眼中泛着泪光。

眼看林悠悠又要倒一杯水,林建国挣扎着连忙制止:"悠悠,别再倒了,再喝我一会儿该尿床了。"

林悠悠闻言,停下了手中的动作,一时间不知道该笑还是该哭。

"悠悠,你笑起来那么好看,为什么要哭呢?"

她突然又想起了这句话,于是抬起手,快速地擦去了眼角的泪水。

医生过来检查了林建国的情况,跟林悠悠说他并无大碍,只是他昏迷已久加上年事已高,身子很虚弱,等再休息些时辰,就可以带他出去散散心,参加一些康复活动了。

林悠悠在微信"守夜小分队"的讨论组里发布了这个好消息,众人大悦,纷纷表示马上赶过来看望林建国。

晚些时候,陈兰、魏景尚,以及魏景夏、林佐佐和壮壮一家、陆黛儿和张爱良夫妇、张萌和赵宇夫妇悉数到齐,一行人来见过林建国后,病房弄得跟花鸟市场似的,到处摆满了鲜花和果盘。

林建国心生感慨,临场赋诗一首,众人忍不住轻声鼓掌,又害怕惊动了其他休息的病友,于是转为了口头上的称赞,这一夸,林建国整个人都能飞起来了。

由于心情舒畅,加上林悠悠常常带他去参加一些有氧的康复训练,一周之后,林建国就已经能自己下地走路了,只是不能久走,时间一长,他仍会喘得厉害。

林悠悠轻轻搀扶着父亲,两个人并肩走在医院后院的大道上,魏景尚跟个保镖似的,一直紧紧跟在他们的后头。

"你不去上班老跟着我干什么?"林悠悠忍不住回头对他说。

"我在飞机上不是说了吗?跟着你,就是我一生的事业。"魏景尚倒也是毫不避讳。

林建国笑着摇了摇头,表示年轻人的世界已经管不了了。

周围传来一些小护士的窃窃私语,多数是在称赞魏景尚高大帅气,还有的在为他的痴情动容。他们的故事也渐渐在医院里传开,甚至被某些极富有想象力的护士改编为各种传奇的版本。

魏景尚倒是不以为然,听过之后只是笑一笑。林悠悠听了仍会红着脸,可是由于带着自己的父亲,也只得作罢,任由别人去说,只当是一阵风,吹过就算了。

时值冬天,道路两旁的乔木仍是绿意盎然,午后细碎的阳光落在他们的肩头，随着行进不断变幻，像是一只只不停扑棱翅膀的纸鹤。

"那你就跟着吧。"林悠悠虽然嘴上那么说，心里却有种说不上来的喜悦。

魏景尚笑笑，不疾不徐地跟在他们身后，望着前面那相依相偎的身影，他也有种现世安稳的美好和宁静。从前他走得太快了，现在感觉这种慢悠悠的生活同样美好，忙碌和安逸，本就没有对错，只是两种截然不同的风景。

他现在想看看这种蜗牛般的生活，体会这种慢到极致的生活方式。

所以，等林建国完全康复，他们选择了坐上绿皮火车，前往西藏，布达拉宫。

如此缓慢，如此疯狂。

张萌和赵宇在火车上更是大腿一拍，当即决定就留在西藏，支援边疆的建设。

一群二十七八岁的"中年人"觉得自己那一刻可"意气风发"了，感觉自己仿佛回到了几年前，那个呼喊着抓住"青春尾巴"的疯狂时代。

那时候有汪峰，也有宋冬野，有窦唯，也有王菲。那么多纷繁的音乐，那么多脍炙人口的歌曲，一个一个身影，曾令人深深沉迷，最后也同样渐渐消散。

可是总有一些东西留在了人心里，那是无论如何也挥之不去，无法磨灭的。

这也许包括了嗨少曾经说过的一些东西，比如说"态度"之类的，听起来虚无缥缈但却掷地有声。

绿皮火车里挤了很多人，中年大叔靠在窗边抽烟；妇女在责骂贪玩的小孩；青年戴着耳机随着节奏晃动脑袋，仿佛耳机外的一切都与他无关。

列车上，张爱良用吉他弹起了一些动听的民谣——

"目击众神死亡的草原上野花一片，远在远方的风比远方更远。"

他说自己当年最喜欢的歌手就是周云蓬，他还说，他最喜欢《九月》里的这句歌词。他们的故事从九月开始，也即将从九月结束，开启另一段全新的人生。

他说自己是独生子，从小到大也没什么朋友，于是他总是一遍又一遍地弹奏着那些醉乡的民谣，把自己的思绪带到比远方更远的地方，远到忘记了孤单。

他仍在诉说，人们也在倾听，偶尔望向车窗外的景色，时而是远山，时而是草野。

"——所以啊，我以后想要很多孩子，至少七个。"

"你这是凑一窝葫芦娃呢？"魏景夏笑着说。

众人哄笑,都看向陆黛儿。

陆黛儿耸耸肩,说:"他想生多少个自己生,跟我可没关系。"

众人又是一阵哄笑。

林悠悠一直默不作声地打量陆黛儿,发现她这些年变化可真不少。

陆黛儿脸上只是打了淡淡的底妆,甚至连假睫毛都没有贴,可是即便如此,她的面容还是这么精致。素雅的衣服让她显得更加端庄和具有成熟的风韵。

列车仍在行进,不时有"吭哧吭哧"的车轮滚动声和悠长的鸣笛声传入林悠悠的耳朵,就这样反反复复,他们醒了又睡,睡了又醒。

不知道过了多久,车厢里终于响起了广播,一个温柔的女声提醒他们,列车即将抵达拉萨站。

从昨天中午开始,陆黛儿突然开始起了高原反应,一直上吐下泻持续了很久,以至于脸色煞白。直到今天早上,也不知是已经适应了,还是因为她胃里已经没什么东西可以吐了,她的情况渐渐好转,脸上也开始有了些血色。

张爱良很是心疼,轻轻地抚着她乌黑的长发,小声问她:"要不,咱们回去得了?"

陆黛儿不以为然地挥挥手,道:"我是从鬼门关走过一趟的人,高原反应这种小事,对我来说简直就是'浮云'。"

一个可以称得上是"远古"的网络词,听得众人不禁有些唏嘘。

列车又行进了一个时辰左右,终于停了下来。

林悠悠一行人下了车,跟着之前早就联系好的导游走了,几个人上了一辆大巴。

在去往旅店的路上,林悠悠透过大巴的窗户,远远地看见了珠穆朗玛峰。

众人休息了些时辰,女生们决定去布达拉宫参谒,男生们一致决定要去攀登珠穆朗玛峰。于是各自整理了行李,准备了一下便出发了。

站在玛步日山脚下,林悠悠抬头看着眼前雄伟壮观的布达拉宫,感觉它比自己想象中的还要伟岸和庞大。

这跟在第五版五十块钱人民币上面看到的完全不能相比。

女生们手牵着手,开始往山上走去。

好不容易登到山顶,她们突然接到噩耗,说是魏景尚一行人遭遇了雪崩,目前仍渺无音讯!

由于时值冬季,珠穆朗玛峰上大雪茫茫,搜救队员第一时间进行了救援,魏景夏、赵宇、张爱良先后被救出,可是搜救工作进行了三个小时了,唯独没有魏景尚的消息。

眼看着即将进入下午,再过些时辰就要入夜了,等到入夜,山腰这里会变得更冷，存活下来的概率也会变得更低。

林悠悠连忙包了一辆面包车，心急火燎地前往珠穆朗玛峰。

面包车在山脚停了下来，因为刚刚经历雪崩，警方已经对珠穆朗玛峰进行了封山，短期内禁止游客再去攀登。

林悠悠只能在警戒线之外，眼睁睁地看着夕阳下的珠穆朗玛峰，却不能靠近。

珠峰不仅巍峨宏大，而且气势磅礴。在它周围二十公里的范围内，群峰林立，山峦叠嶂。

林悠悠告诉自己不许哭，魏景尚一定吉人自有天相！她只要在这里等着，等着他安全地回来！

泪眼婆娑中，这高耸而绵延的群山下，林悠悠突然感到自己是这么渺小，仿佛世间的一粒尘埃，微不足道。

她在心底一遍遍祈祷：保佑他平安无事！保佑他平安无事！她再也不会拒绝他，这一次，她一定不会放开他的手。

夜已深，山脚的气温同样很低，周围风声鹤唳，仿佛一群虎视眈眈的恶狼，准备将那些疲惫的人瞬间吞噬。

租的面包车已经返程，林悠悠执意要留下，她从不远处的一个小商店里买来了帐篷和方便面，店里的一个小伙子还很热心地帮她搭好了帐篷，并生起了篝火。

看面相小伙子应该是当地人，皮肤黝黑，脸上最明显的就是那两道浓眉，眉毛下面的一双小眼睛倒也称得上是"炯炯有神"，只是一笑起来便什么也看不见了，只留下两条细线挂在脸上，两扇大耳朵仿佛两把蒲葵扇，说起话来耳朵也跟着一抖一抖。

林悠悠谢过小伙子，再向他们要了些热水，冲起了泡面。

"为什么，你一个人，这么晚了，还要在这里？"小伙子用不太流利的汉语跟她说话。

"我在等一个人。"

"等谁？他在哪里？"

林悠悠朝山上的方向指了指。

小伙子愣了愣，他自然知道今天早些时候发生的雪崩，其实这在喜马拉雅山来说，甚至算不上是很稀奇的一件事情。他若有所思地点了点头，继续说："他是你的，男朋友？"

林悠悠怔了怔，道："不，比男朋友还重要。"

小伙子沉吟了半晌："你想跟我说说，你的故事吗？"

林悠悠听到这句话，愣了愣，多年以前，魏景尚对她说了同样的话。她看着眼前的小伙子，有种恍如隔世的感觉。

小伙子看到林悠悠没有回应，以为自己冒犯到了林悠悠，连忙做出抱歉的动作，两坨眉毛纠成了一坨，他说："我叫多吉，我们是，朋友？"

说着，他向林悠悠伸出了右手。

林悠悠笑了，伸出手，点点头："我叫林悠悠，我们是朋友。"

林悠悠的故事讲得断断续续——由于时间跨度大，其中的细节能跳过都跳过了。

　　她讲了很久，体谅到多吉的汉语一般，她适当地放慢了语速，也不知道多吉到底听懂了多少。

　　多吉也不搭腔，只是默默听着，时而欢笑，时而沉吟，时而专注地盯着林悠悠，时而抬头望着寂寥的星空。身边的篝火映出他算不上英俊的面容，但是那股质朴纯粹的气质却让林悠悠感到很舒服。

　　不知道过去了多久，林悠悠的故事讲完了。

　　讲完这些故事花不了多长时间，可是要是完全体会这其中的滋味，可能要林悠悠花上一生的时间。

　　又是一股寒风袭来，泡面的香味已经变得越来越淡了，林悠悠这才反应过来，自己刚刚泡了面。

　　此时泡面已经冻成了一坨，没法吃了，她尴尬地看了看多吉，耸了耸肩。

　　多吉清了清喉咙，站起身来，从藏蓝色的上衣里掏出一串和田玉的吊坠，递到她的面前。

　　"玉，保佑朋友，给你——"多吉看了看林悠悠，又指了指山上，大概是想说把这个玉送给林悠悠，希望能保佑她的朋友逢凶化吉吧。

林悠悠连忙摆手："这么贵重的东西，我不能收。"

"没事，玉，我有很多，可是朋友，我有很少。这个，给你。"多吉说着，强行将玉坠塞到了林悠悠的手里。

林悠悠感激地看着多吉，多吉穿着一身长坎肩的"曲巴"，藏蓝色的衣袖上绣着好看的云纹，他的右手手腕上还戴着一串佛珠。林悠悠总觉得多吉的衣服好像大了一号，穿在他身上有些不太合身。

似乎感受到林悠悠关注到自己的衣服，多吉告诉林悠悠，这是他哥哥降措的衣服，哥哥五年前参与一次雪山救援，把人救下了山，但是自己返回去拿队友遗漏的救援器材的时候，却被永远埋在了厚厚的雪层之下。

直到两天后，人们才在山上挖出了他哥哥的尸体。

于是他现在仍会穿着哥哥的衣服，哼唱着哥哥生前最爱的歌谣，代替哥哥给远方那个美丽的姑娘写下信件——仿佛他从来没有离开过一样。

林悠悠终于有点儿理解多吉了。

放眼望去，方圆几十里，茫茫的草野上，只有多吉他们这一家小店。

旅客们来了又走，难以交心，而自己最亲近的哥哥又不幸遇难，加上以后很可能就剩他一个人苦苦支撑这个店铺，一个人面对岁月的流逝。

确实有一点儿孤单啊。

林悠悠心疼地看着他,可是他小小的胡桃眼中,目光却分明那么坚定,仿佛穿透了风雪,将一切都看透了。

两人于是有一搭没一搭地继续聊着,林悠悠给他讲外面的风光,海滩、长城,以及在国外的际遇。

多吉给她唱古老的歌谣,跟她讲佛教,诵读经书,参谒佛法。

两股思潮碰撞,竟然出奇的和谐而有趣。

人们往往说理解万岁,却从来没有人说过尊重万岁。可是有时候,尊重比理解更重要。

俩人就这样有说有笑,用热情消耗着这冰冷的夜晚。渐渐地,倦意渐渐袭来,林悠悠知会了多吉一声,两人道了别。

林悠悠钻进帐篷里,裹紧了棉被,便打了个盹。

这一盹,打到了天亮。

搜救队又出发了,魏景夏跟林佐佐他们也过来了,一行人决定找个地方吃完早餐,再回来继续等待消息。

吃过早餐,林悠悠打开自己的手机,无意间发现自己有一条未发出去的短信,存到了草稿箱里。

她疑惑地点开了短信的图标,看见了屏幕上那一行简短的文字,不由得惊讶地捂住了自己的嘴!

"若是五年不够,我便再许你五年——2024,我在秋叶原等你。"

是魏景尚吗？林悠悠心里大惊，可是他不是还困在珠穆朗玛峰上面吗？

她急匆匆跟众人道了别，又折返回珠穆朗玛峰的山脚下，这时候正巧有一支搜救队下来了，她连忙凑了上去。

"你好，请问你们有没有见过一个长得高高帅帅的人——"林悠悠一时间心急，手上也没有魏景尚照片，只得笼统地向他们描述魏景尚的样貌。

"你说什么？"搜救队员貌似也是当地人，不知道是没听懂，还是没看见，他们面面相觑，疑惑地看着林悠悠，都摇了摇头。

刚看到短信那一刻的欣喜若狂瞬间又变为了失望。

难道是错觉吗？

林悠悠心里这样想着，大概是自己昨晚没睡好，加上心里急切，一时看错了吧！

于是她再次掏出手机，打开了短信，赫然发现草稿箱里的那条信息还真真切切地显示在屏幕上面。

跟自己刚刚看到的一字不差！

这到底是怎么回事，究竟是不是魏景尚留下来的，如果真的是他，他又是什么时候留下的呢？

莫非，他真的是一个"神人"？

虽然早在大学时期，林悠悠就见识过他创造奇迹的能力，可是这一次，魏景尚若是凭借自己的力量便冲破重重的大雪，重回山脚，难道他还长了翅膀飞下山不成？

这时候，一个人拍了拍林悠悠的肩膀。

她回过神来，看到了另一个穿着救援衣的男子。

"你能再给我描述一遍吗？你刚刚说的那个男人。"

这名男子的汉语很标准，字正腔圆，完全不输中央电视台的播音员。

"很高，大概一米九五，很帅不输金城武。"

男子笑了："那是你男朋友吧？你都把他夸到天上去了。"

"不，我们只是……朋友。"林悠悠又将这句话复述了一遍。

她已经记不清这是第几次澄清自己和魏景尚的关系了，可是林悠悠有一种，越澄清他俩就越扯不清楚的感觉。

"哦——"男子若有所思地点了点头，继续说，"我昨天晚上好像看到他了。"

"啊？在哪里？"

"就在山上，我看到一个人影，挺高的，而且好像听到他在喊什么，什么'哟哟哟哟'的，这是在山上唱RAP呢？"

"那后来呢，你找到他了吗？"

"没有，我们五个人找了很久都没见到人影，我还以为自己出现了幻觉呢。"

"哦，这样啊——谢谢你啊。"林悠悠礼貌地跟男子道了别。

"不客气，希望你的朋友平安回来！"男子双手合十，对林悠悠说了句藏语，然后也朝她挥手道别。

　　林悠悠琢磨了许久，还是回到旅馆，跟其他人说了关于这个短信的情况，其他人面面相觑，最终还是决定告诉她事情的真相。

　　魏景尚昨夜就被多吉带着人救下了山，至于为什么多吉能找到他，大概也只有他们俩自己知道吧。

　　总之多吉将他救下山的时候，魏景尚留下了一句话，便昏迷了过去。多吉等人将他送到了医院，原来是因为体温过低，身体机能急剧下降才造成了昏迷。后来经过抢救，魏景尚终于醒了，所幸只是感染了些风寒，加上年轻恢复快，倒也并无大碍。

　　由于事情紧急，多吉没来得及通知搜救队，所以今天一早搜救队仍然一早就上了山，晚些时候多吉告知了情况，表示人已经被救下了山，并表达了自己未能及时告知的歉意。

　　雪崩事件总算告一段落，万幸的是大家现在都已经缓了过来，没出什么大事。

　　只是，众人不明白为什么魏景尚不让多吉先跟林悠悠说明情况，而是吩咐多吉往林悠悠的手机上留下这么一句话。

　　只有林悠悠自己知道，他是在给她时间。

　　自己曾经说过，还没有从龚子游的事情中走出来，魏景尚便体谅地再许了她五年。

　　追求是一种爱的本能，而等待则是一种隐忍，隐忍有时候比爱还伟大。

　　因为我相信你，所以我觉得，我等得起。

　　一想到这个啊，林悠悠眼底又泛起泪花。

　　"你哭什么呢，医院那边说了，魏景尚已经没什么大碍了。"林佐佐以为妹妹只是在担心魏景尚的情况，连忙宽慰道。

　　"我知道的，谢谢你们，这两天大家都辛苦了，都回房间好好休息一下吧。"

　　虽然看她那萎靡不振的样子，众人心生不忍，但是这种情感的事，只有自己想明白了才行，所有的安慰都是苍白无力的，他们能做的就是陪伴。

　　而这时候，很显然，林悠悠是想要自己独处冷静思考一下的。

　　晚上去饭馆吃饭的时候，大家脸上都仍带着一种忽明忽灭的哀伤。

　　"我听说魏景尚已经出院了，他不来跟咱们一块吃晚饭吗？"

　　"哦，我哥说他还有点儿事，就先回禹城去了。"

　　"哦——"林佐佐若有所思地看了眼自己妹妹。

　　"我没事的。"林悠悠慌乱地点了点头，连忙埋下头摆弄自己的餐具。

　　她知道魏景尚并不是回禹城了，而是去了日本的秋叶原。

　　那是林悠悠憧憬了很久的地方，简直就是她这种动漫爱好者的天堂！他之所以会选择那个地方，也是吃准了她一定会禁不住诱惑而去找他的吧。

这时候魏景夏开口了:"那你们呢,你们回去之后都有什么打算啊?"

"我啊,我跟张萌决定了——"赵宇给周围的人倒了茶水,继续说,"我们俩就不走了。"

"你们俩真要留在西藏?"

饭桌上许多人都露出了惊讶的神情。

"嗯,我家老赵啊,早年间不是经商还小赚了点钱,"张萌一脸幸福地看着赵宇,"我们商量着把这些钱捐给文若乡的小学,用来扩建,我毕业之后也考了教师资格证,正好可以在那里当个老师。"

"文若乡?据说风景挺好的,下次我们要是再来西藏啊,我们就去文若乡找你们,到时候记得请我们吃饭啊。"魏景夏心里无限感慨,大手往赵宇肩上重重一拍。

"没问题,肉管够,青稞酒也请你喝到饱!"

"那就一言为定,哈哈哈!"

两个人浮夸地在空中击了击掌。

又是一阵觥筹交错,这欢庆的气氛将离别的哀伤都掩了去,只剩下此起彼伏的笑声,以及包厢的电视机里传来的悠扬的歌声。

……

从西藏回到禹城后,林悠悠进了一家外企,担任网络工程的职位。两年后,她已经是公司亚太区的首席网络工程师了。每天的工作忙碌而充实,她想着自己在这一段时间里——至少是五年之约到来之前,让自己更忙碌一些,好减少自己念念不忘的时间。

林建国患上了些慢性病,算不上严重,只是需要每天吃些抑制药。

每天回到家中,林悠悠喂过父亲吃药,自己仍有些闲暇时间可以自由支配,她开创了个人微博,名叫"禹城往事",记录自己的一些经历。

一开始,林悠悠只是打算将这些零碎的记忆收集起来,以免以后回忆的时候什么也记不起来了。没想到的是,她的微博点击量每天都在飙升,人们对她的经历关注度也越来越高,她的事迹在网上被议论纷纷。

从刚开始的默默无闻,到后来,每天都会有三三两两的人给她微博私信,有人对她的遭遇表示同情,也有人称赞她很坚强,有人表示自己也很想去国外游玩,可惜现在还没钱。

当然,负面的声音也存在,有人说她很做作、矫情;有的人觉得她是在拿自己的经历吸引眼球,炒作什么的。

对于这些评价,林悠悠大抵都是一笑了之。

演变到后面,林悠悠居然有了固定的粉丝群,每天都会有人向她询问情感问题,或者只是单纯向她问个好,每天午休之前或者下班之后,她都会抽时间回复。

再后来,她还惊讶地发现了自己还有一个"黑粉群",里面经常曝光一些杜撰而来的林悠悠的所谓"黑历史",林悠悠偶尔会进去看看,看他们骂得那么起劲,自己倒也觉得挺有趣的,甚至后来有些人私信林悠悠说,自己黑她还黑出了感情,黑她已经变成了一种信仰,支撑着他们乏味的人生继续向前走着。

就这样,林悠悠从一个单纯的记录回忆的博主,变成了情感博主,她觉得,在这个虚拟的世界里,情感仿佛变成了最不需要伪装的东西了。

人们可以尽情地在里面表达自己的喜怒哀乐。

渐渐地,林悠悠的粉丝越来越多,在微博上的影响力也越来越大,后来有电视台找到她,说是要对她做个访谈,但是被她婉言拒绝了。

第十二章 乔巴乔巴

我走过你来时的路,怀揣一颗爱你的心。

就在她成为微博话题女王,名气如日中天的时候,她却突然消失在公众的视野里,没人知道她去了哪里。微博上有人说她变了节,当了一个富商的小三;有人说她放荡不羁,做了一个黑社会大哥的女人;也有人说她相思成疾,患了绝症郁郁而终。

当然,这些都是网友们一厢情愿的猜测。

林悠悠自然没有变节,也没有做了谁的女人,更没有患上绝症。

她只是决定去做一件事——收集有关魏景尚的所有记忆。她很想知道,到底是什么经历,造就了魏景尚这样的"传奇人物"。

她首先去了魏景尚念书的那所小学。

那是禹城有名的一所贵族小学，名叫万华文武学院。

据说学校采取准军事化管理，引进美国西点军校的教育理念，师资力量雄厚，校区环境优美，学习氛围浓烈。

学生们每天早早起来，进行体能训练，训练完迅速洗过澡，这才开始上课。学校采用中英法三语教学，还开设了许多特色课程，营造了一个多元的学习氛围。

怪不得那个家伙仿佛开了挂似的，能文能武还精通多国的语言，原来魏景尚从小学开始，就已经领先了别人这么多了。

她心想，自己这哪里是输在起跑线上啊，自己充其量只是站在旁边的啦啦队，连站在起跑线上的资格都没有。

可是魏景尚的童年过得快乐吗？林悠悠转念一想，当他经历那些艰苦的体能训练，当他面对那些强硬的教条，他难道心里没有一丝埋怨？他难道从来没有幻想过跟其他人一起撒欢大闹的欢乐时光吗？

这样想来，林悠悠似乎内心平衡了一些，就算这是阿Q精神，林悠悠也认了，至少她仍记得那个酸溜溜的芒果，那些青春里犯的错，以及那一顿永生难忘的"混合双打"。

想要进入校区，就得有个正当的理由。

林悠悠撒了个谎，说是想给自己的孩子找个好学校，所以过来视察一番，说着还把手机里自己跟壮壮的合影给校方看了。

校方派了政教处主任马鸿飞带着林悠悠在校园转了起来。

马鸿飞领着林悠悠,一边转悠一边还给她介绍学校的各种特色和优势,并开出了很多的优惠条件,什么特色教材买一送三啦,特色课程第二周半价啦,还有每年一次的国外夏令营体验,等等等等。

听得林悠悠也是心潮澎湃,差点就直接掏钱包出来刷卡付学费了。

——还好我还没孩子,林悠悠心想着,感到十分庆幸。

心里虽然这样想,林悠悠脸上却仍是露出一副很感兴趣的样子,这让马鸿飞跟打了鸡血似的,讲解得更加慷慨激昂。

这时候正值冬季,学校的春季招生却已经在火热进行中,所以学校仍有一些领导和家长穿行在校道,有了人气儿,所以即便校园里绿意消瘦,倒也不显得那么冷清。

她路过一个公告牌的时候,停下了脚步,公告牌上书几个大字"知名校友"。

林悠悠在几张照片里,赫然发现了魏景尚的照片,照片底下是一行蝇头小字"国际上市公司铂盛集团董事长"。

她还是第一次发现,这种面无表情的"证件照"也会有人拍得那么帅气。他那冷冰冰的帅脸,仿佛就是为了拍证件照而生的。即便他的头上没有那么多各种各样的头衔,各种传奇的经历,只是单凭这一张惊为天人的照片,就值得人们驻足观赏上好一阵子的了。

"怎么？你认识魏景尚？"马主任笑了笑，脸上的肥肉也跟着抖了抖。

"哦，只是觉得，这个人好像很厉害的样子。"

"呵呵，何止是厉害，他在我们学校简直就是传奇啊。"

"哦，此话怎讲？"

"他不仅头脑灵光，学习成绩一直是年级第一，而且拳脚了得，不过是跟着学校的老师练习了一年咏春，那些高中生都打不赢他！"

"哦，这么说来，他还真是厉害啊。"

"那是当然！"马主任说得意气风发，满脸骄傲。

逛完一圈，他们回到办公室，林悠悠表示自己考察了禹城很多小学，参观了万华之后很满意，表示会优先考虑这里。马主任闻言甚是欢喜，连忙和林悠悠亲切地握手，道了别。

接下来是初中了。

林悠悠扮作要过来应聘计算机的老师。

校方的工作人员组织了小型的面试，等到他们看完林悠悠的履历，被她的学历惊了一脸。

林悠悠本科是在秀央大学读的，虽说只是普通的一本，不过其网页设计专业的地位倒也在全国排得上名号，她在美国拿到的博士学位还是耶鲁大学的。

校方人员小心翼翼地问她："拥有这么漂亮的履历，为什么要来中学当电脑老师？是不是有点屈才了？"

林悠悠豁然回答："因为我对教育事业有着最深的热情和崇敬！教育没有高下之分，只有热爱和坚持！"她的这个回答，差点让几个面试官感动得失声痛哭。

她其实很想回答，没有为什么，就是这么任性，但是转念一想，这样说好像更矫情。

简短的面试完，看得出来面试官对她很满意，问问题的时候甚至有些小心翼翼生怕为难了她。

面试完，她向校方申请在学校里转悠转悠，校方自然是毕恭毕敬地答应了。

因为这是公立初中，所以学校的占地面积其实还比不上万华那种私立小学，所以她很快便转悠完了，但是她很意外地没有在公告栏上面看见魏景尚的照片。

她折返回接待室，跟初一年级的级长聊起了天，假装不经意地问起魏景尚的事情。

级长解释："魏景尚只读了一年半便毕业了，所以学校还没来得及给他拍照片,他就已经走了。"

"为什么只读了一年半啊?"

"因为他聪明啊,他初一上学期刚念完,老师们就觉得他解题的思路其实已经超越了初二初三了,于是便让他尝试做 B 卷的初三的试题,结果他还真的做完了,很多科还都是满分。"

"这么厉害?"

"对啊!后来学校商量了也跟上面通报了,便让他跳了两级,开学直接念初三。初三学年上完,学校觉得他已经具备了中考的水准,于是也便让他参加了中考,结果他还是禹城的中考状元,并以这个好成绩考上了禹城一中。"

她就知道,这是个在哪里都能创造奇迹的人。

林悠悠觉得自己不能再去打听魏景尚高中跟大学的事迹了,再听下去她会恨不得找一个洞把自己的头埋进去。

她突然想起这样一句话:我用尽所有的力气,只为过好平凡的一生。

天才毕竟是少数,大多数人仍是凡人,听完很多大道理,读过很多励志的故事和鸡汤,最终还是回归到平凡的生活。

但是平凡又何尝不是一件好事呢?难道每个人都要胸怀大志才算活着吗?

任凭身边车辆来往穿梭,路上的人行色匆匆,林悠悠抬头看着天空，云朵依然在缓慢地飘浮着。

她不禁想，远在日本的魏景尚，此刻是否也在和她仰望同一片天空呢？

就这样走着，林悠悠突然接到了一个陌生的电话，是快递公司。

匆忙赶回家，她在门口见到了送快递的小哥。

"久等了。"

"没事。"

"谢谢啊。"她签过字，抱着包裹回了房间。

她带着疑惑拆开，从里面拿出来一只乔巴机器人，盒子里还有说明书。

"原来他还记得啊。"林悠悠自言自语。

魏景尚竟然还记得她喜欢乔巴这件事。

《海贼王》自1997年连载以来，一晃眼已是2022年了。《海贼王》中断过几次，仍是没有完结。

据透露，尾田荣一郎从一开始就想好了结局，这个结局只有几个主要编辑知道，自然也是绝不可能透露出来。

可是连载了这么些年，林悠悠看出了尾田先生的疲态，好多次感觉都很接近结局了，可是猛然又进入了回忆的漩涡。

尾田先生也在害怕结局吗？他也会害怕自己想的结局不能被

读者接受吗？

这些都不得而知。

突然"吧嗒"一声，乔巴机器人张开了嘴，吐出来一个U盘。

林悠悠不解，犹豫了一番，她还是将U盘插进笔记本电脑的USB接口。

打开，里面只有一个WORD文档。

文档里面记录了魏景尚从小学至大学毕业，这十几年来的心路历程。

他神通广大，自然知道林悠悠在追寻自己的过去，于是他干脆自己把它写了出来，将自己当年所有的开心和难过，像剥洋葱一样，一层一层剥至只剩下赤诚的心。

林悠悠对着电脑屏幕看了一整晚，时而默默流泪，时而破涕为笑。

第二天，她花了整整一天时间，将自己打听到的故事结合魏景尚自己的陈述，整合成了一个新的文档。

她又申请了一个微博小号，将这些东西以化名的形式，一篇一篇，记录了下来。

这些题为《你是否敢成为天才？》的系列短文一公布，便引起了网络上的众多热议。

家长们开始重新审视对自己子女的教育问题，更多地开始关注孩子自己的想法，而孩子们也开始了更多的思考，更积极地面对自己的人生。

  禹城的个别学校更是增设了"幸福指数"这一指标,作为人们对于学校综合水平考量的又一标准。

  林悠悠也没想到自己的一个小小的举动,会引起这么大的反响。当天晚上,她给魏景尚打了电话,告诉了他这些事情——虽然她觉得,魏景尚很可能已经听说了。

  魏景尚表示:"老夫很是欣慰。不过玩笑归玩笑,倘若当年有个人对我说,其实你可以不那么优秀,可能我仍是会拼尽全力去向上爬,但是至少那些年我会感到不那么孤独。"

  林悠悠如约来到了日本,秋叶原。

  这座被称作"电子城"的地方带来的感官冲击让林悠悠不禁有些头晕目眩。

  经过数十年的发展,这里俨然变得更富有科技感,巨大的机器人在街上穿行,或唱着深情动听的歌曲,或跳着滑稽搞笑的舞蹈,还有的店铺采用裸眼 3D 投影技术,在街上呈现了许多惊险刺激的场景。

  ——不过它最为人称赞的,还是它特有的"御宅族文化"。

  这里依然是动漫爱好者的天堂,而林悠悠仿佛也还是当初那个自己,一看到那些动漫人物,心情仍是激动无比。

她穿梭于大大小小的店铺，一边体验"6D"动漫电影的新奇刺激，一边买买买，几乎将自己看到的所有乔巴的手办都买了一份。

等她从最后一个店铺出来的时候，天色已经暗了，可是这条大街还是灯光璀璨，宛若白天。

她突然想起来自己白天玩得太过忘乎所以，竟然忘了订旅馆！

就在她抬起头的一瞬间，她愣住了。

忽然间，时间仿佛静止了。

就像《再见二丁目》中唱到的那样——满街脚步突然静了，满天柏树突然没有动摇……

这时候一个头上套着巨大乔巴头套的一米九五的男子，缓缓朝她走过来。

男子脱下头套，冲她笑了。

林悠悠发誓，那是她这辈子见过最温暖的笑容。

·全文完·

番外一
最温暖的节目

"欢迎大家收看我们今天的《飞翔吧,兄弟姐妹》节目,我们今天请到了八位非常有趣而且特别的嘉宾,他们是四对双胞胎,今天将跟我们一起玩游戏,还有分享属于他们的一些爱的小故事。"

主持人笑脸盈盈地报过幕,林悠悠、林佐佐、魏景尚、魏景夏还有另外两对双胞胎何德、何能两兄弟和金笙、金饰两姐妹,便从幕后走上台来了。

这么些年了,林悠悠也算是见过些大世面的人,可是第一次面对大荧幕,还是现场直播,她仍不免有些紧张,她紧紧抓着姐姐的手,手心有些冒汗。

她看向右手边站着的魏景尚,魏景尚目光左移,温柔地看了她一眼,她突然就觉得很安心——那个人大概会比自己先出糗吧?

这样想着，她差点憋不住笑了，幸好主持人再次说话了："我们今天节目的第一个环节是'千里传音'，具体规则，请看 VRC。"

接着，林悠悠他们身后的大屏幕就播放了一个短片。

大概讲的就是让一个人先听一段话，其他人戴着耳机听歌，然后第一个人给下一个人传话一直穿到最后一个人，最后一个人复述自己听到的话，这不仅考验双胞胎的默契，也相当考验人的听力和记忆力。

林家两姐妹和魏家两兄弟一组，何德、何能，金笙、金饰四人为另一组。

值得提醒大家的是，此时林家两姐妹已经是三十二岁的"老人家"了，魏家两兄弟更是三十三岁的"高龄"，虽然几个人保养得很好，看起来也就是二十五六岁的样子，但是何德、何能两兄弟仗着自己二十出头的年纪，觉得自己占尽了优势，于是一直朝魏家兄弟投来轻蔑的目光，魏家兄弟也倒是毫不示弱，用冰冷锐利的目光和他们对视。

林悠悠这组商量了对策，觉得应该把魏景尚放在第二个传话的位置，因为第一个位置，除了林悠悠，只要是另外两个人，第一次听肯定还是能记住，所以魏景尚第二，能记下来的也比较多，再让林悠悠第三——不能放第四，因为放第四照她那个记忆力，指定前面的努力都白费了，所以四人最后决定，林佐佐第一，魏景尚第二,林悠悠第三,魏景夏第四。

两队商量过后决定好了顺序,第一环节正式开始。

每组面对的是两个电影小片段,台词一共十二句话。

六分钟过后,何德何能、金笙金饰组一共完整复述了十句,也就是拿到了一百分,这已经是很好的成绩了,所以林悠悠他们组心里有了不小的压力。

林悠悠他们四个人上场了。

大屏幕上出现了一个电影的短片,林佐佐等待着出现自己要记的台词,而其他三个人都站在层层的隔板后面,戴着耳机在听音乐。

只见屏幕上出现了王家卫的电影《重庆森林》的画面,虽然这电影在当时也算是相当著名,但是毕竟已经过去了十年了,想要记得电影里的台词,那也太难了。

第一个小片段是金城武饰演的何志武第一次碰到林青霞饰演的贩毒女的时候,内心的独白:"我们最接近的时候,我跟她的距离只有0.01公分,57个小时之后,我爱上了这个女人。六个钟头之后,她喜欢了另一个男人。"

林佐佐认真记住了,给魏景尚复述了一番,魏景尚记完,隔板打开,他一字不漏地给林悠悠复述了。

"我们最接近的时候,我跟她的距离只有0.01公分——"说着,他深情地看着林悠悠,渐渐向她靠近。林悠悠甚至都能闻到他身上洗衣液的清香，当然，她之所以那么喜欢这款香味，完全是因为，那就是她买的洗衣液——她要是不喜欢这个香味，又怎么会买呢？

魏景尚说着，她倒是想起来了，他们第一次相见，便是"拳脚相加"，当她拽着魏景尚的胳膊的时候，魏景尚结实的胸膛轻轻地靠在她的背上——他们之间的距离，甚至可能比0.01公分还要近。

魏景尚不疾不徐地继续说着："57个小时之后，我爱上了这个女人。6个钟头之后，她喜欢了另一个男人。"

这完全说的就是他们之间的故事啊，林悠悠确实一开始是对魏景夏有了好感，不过，一开始魏景尚喜欢自己吗？

她抬头看到魏景尚温柔的眼神，似乎懂了，笑了笑，打消了自己的疑虑。

等到魏景夏的隔板放下，她才猛然想起来，自己刚刚光顾着傻笑了，魏景尚说的那几个数字是多少已全然忘却，大脑一片空白。

林悠悠连忙回忆，57公分？还是57个钟头，她想起自己当年被本JAVA教程支配的恐惧了。

头痛欲裂。

突然，她回头看着魏景尚的位置，虽然他被隔板挡在另一边，可是她能感觉到，魏景尚也在注视着她，她也确乎能感受到他沉稳而镇定的气息。

于是她深呼吸，又想起了那个第一次相遇的场景。

剑拔弩张，互不相让。

靠近，再靠近，肢体接触。

是 0.01 公分，然后是 57 个小时，最后是 6 个钟头！她想起来了！她全部想起来了！

于是林悠悠一字不差地复述了出来。

第一段话里一共 6 句，他们复述对了 5 句——魏景夏有一句记错了，林佐佐安慰："没事，他们只要接下来的全对，一样可以在这个环节战胜他们。"

于是接下来的两个片段就显得尤为重要。

四人商量了一下策略，互相打过气便重新回到自己的位置上，戴起了耳机。

屏幕再次播放短片。

"你越想忘记一个人时，其实你越会记得他。人的烦恼就是记性太好，如果可以把所有事都忘掉，以后每一天都是个新开始，你说多好。"

大屏幕播放的是《东邪西毒》里面的经典台词。

林佐佐平静地给魏景尚复述了一遍。

魏景尚脸上突然有种难过的神情。倒不是他对这句话感触有多深，而是他怕林悠悠听了这话之后，会不会想起龚子游，想起一些不太美好的事情。

但是，他还是完整地给林悠悠复述了出来。林悠悠望着他略带哀伤的神情，露出淡然的笑容，对魏景尚点了点头，示意自己没事。

若是说她一点也不想念龚子游，那是不可能的事情，虽然十年时间过去了，但是十年，用来遗忘一个人远远不够。

他们有着共同的回忆，有美好的，也有痛苦的。林悠悠觉得，时间最美妙的就在于，把一切都变得模糊，而不是把一切都摧毁。

模糊中，龚子游仿佛还是那个白衣胜雪的少年，他会露出干净的笑容，他在弥留之际，仍带着满怀憧憬的眼神。

一切都变得柔软，包括林悠悠的心，她转过身，把这句话复述给了魏景夏。

魏景夏也是不负众望，全部记住。

主持人激动地宣布林悠悠组在第一环节获胜。

那一刻众人真的很开心，魏景尚多么想把林悠悠抱在怀里，他觉得她仿佛变得更加坚强了。

可是他忍住了。

现场的气氛也比较热烈，就这样，时间渐渐流逝。

愉快而忙碌的直播时光即将过去，林悠悠她们组最后获得了胜利，得到了一笔不小的奖金。

何德何能组最后也真心祝贺了他们，并且表示——魏景尚真的是一个开了挂的人啊！一个吊打四个啊有没有！

节目结束之前，还有一个嘉宾寄语的小环节，既然魏景尚跟林悠悠是一对，魏景夏跟林佐佐是一对，何德跟金笙、何能跟金饰也分别是一对，便让主持人给他们每人一个机会，问对方一个自己最想问的小问题。

林佐佐问了魏景夏："悠悠从美国回来那年你就说带我去巴厘岛，结果这都过去五年了，你还是没有带我去，请问魏景夏先生，你怎么解释。"

魏景夏尴尬地笑了笑，道："哎呀，我这不是忙着处理公司的事情嘛！今年，今年我肯定陪你去！我当着摄影机发誓。"

主持人看了看魏景夏，示意他现在可以反过来问林佐佐问题了。

"结婚的时候，咱们说好三年之内生两胎的，现在呢？"

"哎呀，谁知道生孩子这么疼啊！"

现场的人都笑了。

"哎呀，忍一忍就过去啦，你看壮壮一个人多孤独！"

"我觉得壮壮一个人生活得挺开心的啊，再说他的朋友也不少呢。"

魏景夏又嘟起了嘴。

"哎呀，好了好了，我们'顺其自然'好吗？"

魏景夏听闻，这才意味深长地笑了笑，点了点头。

"看来我们这一对小夫妻还真是乐趣满满，恩爱有加呢，接下来我们看看下一对，有什么要问对方的呢？"

"其实有一件事我一直没问，就是那年你遭遇雪崩，最后究竟是怎么逃出珠穆朗玛峰的？"

"原来是这件事啊，"魏景尚淡淡然一笑，"当时我被雪困在半山腰，厚厚的雪压住了我的脚，我当时觉得自己完了，可是我想到你，我觉得我还不能死，我们的故事不应该到此为止，我的腿不能动，于是我用手努力地挖呀挖呀，终于让我挖出来一个电子信号发射器！"

"电子信号发射器？"

"嗯，就是可以在当前位置发射一个信号，如果附近有搜救队的话，就能接收到信号，找到这里来。"

"哦——可是怎么会有个东西埋在那里啊？"

"据说是当年一个搜救员遗漏下的，然后另一个队员回去捡的时候，遇到了二次雪崩，于是连人带信号器都被埋在了山上，那天晚上我被一个叫'多吉'的当地人带着几个人救了下山，他跟我说，那信号器是他哥哥留下的，他的哥哥已经在那次雪崩中丧生，没想到最后，还把我给救了。"

"于是你下山的时候就在我的手机上留了言？"

"嗯。"

林悠悠这才恍然大悟地点点头，魏景夏和林佐佐听了，也一副"原来如此"的表情。

这时候，主持人微笑地看了看魏景尚。

魏景尚看着林悠悠，嘴角扬起一个诡异的微笑，说："我的问题很简单。"

"什么问题？"林悠悠好奇地看着他。

"你愿意嫁给我吗？"

魏景尚突然面向林悠悠，单膝跪地，从口袋里掏出来一个酒红色的小盒子，打开，里面铺着金色的丝绒，正中间的象牙基座上放着一枚戒指，铂金的指环中央嵌着一颗大钻石，在演播厅的灯光下闪耀着璀璨的光芒。

林悠悠突然双手捂住了嘴巴，脸上先是震惊，随后渐渐融化，流下了感动的眼泪，她看着魏景尚真诚而坚定的眼神，缓慢而郑重地点了点头。

"我愿意。"

魏景尚激动的一跳而起，仿佛是害怕下一秒林悠悠就会反悔似的，连忙把钻戒戴到了她的手指上。

"砰！"

这时候演播厅上空洒下一片七彩的礼花，伴随着掌声落在这对幸福的人儿的身上，温馨的音乐响起，这时候，林建国、陈兰、陆黛儿、张爱良、张萌、赵宇从幕布后面依次走出来。

原来，根本就没有什么《飞翔吧，兄弟姐妹》节目，这一切都是魏景尚精心设计的，就是为了在亲朋好友的见证下，让林悠悠说出那句"我愿意"。

番外二
造人计划

林悠悠经历了婚后这两年的生活,感觉"造人计划"比"登月计划"实施起来还难。

事情是这样的,林悠悠与魏景尚参加完那次装模作样的电视节目之后,过了一个月俩人就领了证,择了个良辰吉日办了婚礼。

本来魏景尚想的是别给自己的媳妇儿太大压力,就说要孩子的事情先搁置一下,俩人便全国各地又游玩了一圈。这真的是疯玩,一解当年在禹城街头"流窜作案",吃一次东西换一个店的那些郁闷。

这一玩,就是两年。

第三年的时候,魏景尚还说不急,林悠悠却有些急了,她觉得,自己今年过完生日就三十五岁了,还是趁早要一个孩子,免得到时候因为身体的原因而闹出什么岔子。

魏景尚一听,也点了头,于是两个人便这样愉快地制定了"造人计划"。

这一年里,俩人请了专门的营养师进行饮食建议,平时也积极健身,作息十分规律。

可林悠悠的肚子还是没有动静。

于是俩人都有点心虚,不禁想:"该不会是自己身体出问题了吧?"

尴尬的是,俩人偷偷去医院检查了是否不孕不育,去领单子的时候,俩人还碰到了一起。

因为俩人得到的结果都说是自己的身体一切正常,于是便以为是对方身体有了问题。

这天吃饭的时候,俩人看对方的眼神都有点儿怪异。

魏景尚给林悠悠夹了一大块红烧肉,先开口了:"多吃点儿,补补身子。"

林悠悠听了眉头一皱,感觉这话怎么有点儿怪怪的,加上正值敏感时期,不免多想:敢情这是在说我身体不好的意思吗?

她有点儿不乐意了,觉得明明是魏景尚自己的身体有问题,还要硬赖到自己的头上。她面无表情地吃下那块红烧肉,缓缓道:"哎呀,可惜今天没有个牛鞭猪肾啥的,不然也可以给你补补。"

魏景尚一听,也不乐意了:"你什么意思?"

林悠悠一听,更不乐意了:"你又是什么意思?"

魏景尚一听,更更不乐意了:"我不就让你补补身子吗,你让我吃牛鞭猪肾干什么?"

林悠悠停下筷子,道:"没什么啊,既然要补,大家一起补补嘛。"

"我补什么,我又没什么问题。"魏景尚视线落在地板上。

林悠悠瞪大了眼睛道:"你说什么?意思是我有问题了?"

"我今天都在医院看见你了,别跟我说你是去查妇科病的。"

"既然咱们都看见了,那就明说吧,我是去看不孕不育的,你也是吧?"

"是。"魏景尚倒也是毫不避讳,"我的检查结果是一切正常。"他把自己的检查单拍在桌子上,一脸得意地看着林悠悠。

"说得好像谁不正常似的。"林悠悠也把自己的检查单拍在桌子上。

两人都瞪着对方看了一眼,迅速抽过对方面前的那张纸,拿到手里看了起来。

看完,俩人同时放下纸,一脸惊讶地看着对方。

"什么情况?"俩人异口同声地说。

"不对呀,"魏景尚右手抚摩着下巴,"既然咱俩身体都没问题,那怎么就是怀不上呢?"

"我也不知道——"

"是不是咱们心里太急切了，可能是心理压力的问题，我觉得，咱俩可以去看看心理医生。"

"嗯，确实有这个可能，那就去看看吧！"

于是俩人都去找了禹城一个比较有名的心理医生。

他俩是先后进去的。

等待了约莫半个小时，魏景尚出来了。

"怎么样，医生说什么了？"

"唉，咱们走吧，我感觉那个医生——"魏景尚指了指自己的脑袋，"这里有问题。"

"哎呀，我看是你自己有问题吧，被别人戳中痛处了还倒打一耙。"

"我不多说，你自己进去感受一下。"

"去就去。"

林悠悠一脸大无畏，敲门进了房间。

一进门，便闻到了一阵淡淡的香气。房间分为两部分，右半边放着一张实木的桌子，桌上搁着一些资料和书籍，桌子的右上角放着一个铜质的檀香炉，一缕青烟悠悠地传出来。心理医生陈崇就坐在桌子后面，陈崇戴着一个白口罩，一副相当神秘的样子。

陈崇示意林悠悠坐下。

林悠悠微笑着点了点头，坐在桌子前面的一张木椅上。

"您是林悠悠小姐吧？"

"嗯。"

"我是这儿的医生,我的名字叫陈崇。"

"陈医生您好。"

"您好,那么,我们直接进入主题?"

"好的。"

"那么,请林小姐移步到那边。"陈医生抬了抬手,指着房间那边的沙发区域。

"哦,好。"

这是一张L形的沙发,同样是高档的花梨木材质,一边较长,可同时坐四五个人,另有独立的一个座椅在拐角处,而这"L"的中间是一张黑翅木底座的玻璃茶几,整个空间散发着一种古朴的气息。

"下面,我们进入催眠的阶段。"

"催眠?为什么要催眠?"

"夫妻之间,心底难免有些不愿说的事情,通过催眠,让客户自己袒露心声,这对于心理建设和后续的治疗是很有帮助的。"

"哦……那怎么个催眠法,是不是拿个钟表在我眼前晃来晃去那种?"

"不不不,那种办法已经过时了,你只需要跟着我的指引,来我们深呼吸,吸气——"

"嘶——"林悠悠深吸了一口气。

"然后,吐气——"

"呼——"林悠悠缓缓将气吐出。

"对，就这样，我们再来一次——"

林悠悠皱了皱眉，感觉这怎么有点像在分娩啊？就这样想着想着，自己突然感觉眼皮很重，仿佛一闭，就再也没有力气睁开了。

等到她再次醒来的时候，她已经在自己家的床上睡着了。

"咦——"林悠悠疑惑地看着周围的景象，感觉有种莫名的熟悉感。

"你醒了？"

她耳边响起魏景尚温柔而富有磁性的声音。

"我这是，在家里？我刚刚不是——"

"你刚刚昏过去了。"

"啊？我不是被催眠了吗？"

"催什么眠啊，我早就跟你说了，那个家伙就是个骗子，脑子有问题，以为搞些小伎俩，人人都会上他的当，还什么著名专家，真是好笑。"

"你在说什么呢，我怎么一句都听不懂啊！"

"你知道自己为什么会晕倒吗？"

"我难道不是被他催眠了吗？"

"得了吧，什么催眠啊，他就是利用一种气体让你进入昏睡状态，然后趁你半睡半醒的时候套你的话，你进门的时候，难道没有闻到一股奇怪的味道吗？"

"檀香？"林悠悠突然想起来桌上的那个檀香炉，现在仔细想想，确实有一点儿古怪，难怪那个医生要让她深呼吸，原来是为了让她多吸一点儿那个催眠的气体！也难怪那个医生戴着口罩，原来是防止自己吸入过多的气体而进入昏迷。

"嗯。我一进门的时候就察觉到了，他让我深呼吸的时候，我就直接出来了，没想到某人这么听话，直接吸到昏迷了，哈哈哈哈哈！"

"魏景尚！你笑够了没？我不也是为了咱们的将来，一时心急才没注意的嘛。"

"哎哟，好了好了，我也没笑你的意思，那医生已经被公安机关抓起来了，也真是罪有应得。"

"那我们呢，我觉得怀不上孩子，我可能也是罪有应得吧。"

"你说的这是什么话！"魏景尚抓住林悠悠的双手，在她的手背上落下一个吻，"你不是罪人，你是我的救世主。"

林悠悠感动地看着魏景尚："要是我明年再怀不上，咱们就离婚吧。"

"你说什么？"

"我——我对不起你。"林悠悠的眼中噙满了泪光。

"别说傻话了，就算咱们没有孩子，我还是会陪你一起变老，一起死去，我刚刚在你手上盖了个印戳，你已经永远属于我了，所以，你别想逃跑。"

"可是我——"

"别说了,你先休息吧,我再去想想办法。"

"嗯。"林悠悠点了点头。

接下来的一周,魏景尚也是忙得焦头烂额,四处询问,上网也百度过了,也去医院咨询过,甚至连街上的小诊所都问了个遍,可是依然没有得到想要的答案。

这天他刚从一个小诊所出来,就接到了林悠悠的电话,林悠悠说新买了件内衣,说要邀他"共赏"一下,魏景尚一听,脸上的阴霾一下全消散了,露出欣喜的神情。

他连忙开着车回了家,打开门,上楼,然后将门把手一拧——打不开,应该是从里面反锁了。

"悠悠,你怎么把门反锁了,快打开啊。"

"别猴急嘛,再等我一下。"林悠悠用一种十分魅惑的语气说道。

魏景尚这一听,顿时欲火焚身,想着这时候魏景夏去上班了,林佐佐肯定还在海鲜店里,林建国应该在公园里跟其他的老头下棋,于是四下望了望,就在门口把领带一扯,西服、衬衣、西裤、鞋子、袜子全部脱了,只留下一条红内裤——今年是魏景尚三十六岁的本命年。

突然,门把手处传来"吧嗒"一声。

"悠悠，我可以进去了吗？"

"进吧。"

魏景尚轻轻推门而入，发现房间没开灯。他心想，悠悠还挺懂情调的，不过，如果点根蜡烛会不会更好呢，毕竟也真是太黑了！

突然房间里的大灯被打开了，房间的中央齐刷刷站着林悠悠、林佐佐、魏景夏、林建国、陈兰、陆黛儿以及张爱良。

看到这个场景，两边都愣住了。

随后传来有人窃喜的声音，魏景尚此刻真想找个土堆把自己的头扎进去。

林悠悠没想到魏景尚这么猴急，扶着额想装作不认识他的样子。

"咳咳——"林悠悠红着脸开口了，"其实啊，我电话里跟你说的都是假的。"

"什么？"魏景尚的脸色变得很难看，生平还是第一次有人把自己给耍得团团转。

"不过，我有另一个好消息要告诉你。"

"什么好消息？"魏景尚无力地应和着，低着头，都不敢正视其他人的眼睛。

"好消息就是——你要当爸爸了。"

"哦……你说什么？"他抬起头，眼睛里亮起了光芒。

"我说，你要当爸爸了！"林悠悠走到他身边，往他的手里塞了一根验孕棒。

魏景尚低头一看，确实是"两道杠"，突然脸上的尴尬就一扫而空，转为狂喜，他用健壮的双臂抱着林悠悠，一把将她举起来。

"哎哟，你小心点儿，别动了胎气。"林佐佐在一旁小声提醒。

魏景尚这才将林悠悠放了下来。

"确实挺喜庆的，哥，你这红内裤也真够应景的啊！"魏景夏也是好不容易逮着一个机会，连忙趁机调侃。

"你小子欠揍是不是？"

"妈，哥他要打我，你可要为我主持公道！"

陈兰笑得很灿烂，道："你哥今天当爸爸了，今天他最大。"

"妈——"魏景尚看着自己的母亲，也走过去抱了抱她。

陈兰突然也落泪了，道："景尚啊，以前妈没有夸你，不是因为你不够优秀，而是妈不想让你觉得好好学习、善良待人是一件很讨喜的事情，不想让你陷入功利的状态，也许这有点不近人情，妈妈这些年也在自我反省……不过这些都过去了，今天妈妈必须夸夸你，你真的长大了，这些年你的努力妈也看在眼里，妈觉得你是个有担当，有原则的男人，你现在是个体贴的丈夫，孝顺的儿子，妈相信，以后你也会是个很优秀的爸爸！"

魏景尚鼻子一酸，流下了人生中的第一滴眼泪。

这滴眼泪，最后没有变为珍珠，却仍然那么闪耀，仿佛一颗启明星，为他们的家族，也为那个尚未出生的一员，照耀着明天的路。

·番外完·

|小花聊天室|
——你可以等待一个人多久？

你有没有像故事里的主角一样等过一个人？在未知的结局面前，等待五年、十年、一生……

青春里的等待是什么样子的呢？
是假装不经意地回头只为多注视你几秒，是靠在走廊上那个穿着白衬衫插着口袋的身影，是愿为你褪去青涩的棱角，等你长大，等你来到我身边。

这世界上最不缺的东西是时间，最难抵抗的是命运。
时光的洪流里，你可以等一个人多久呢？

魏景尚 & 林悠悠：十年

五年我都能等，那再等五年又有什么关系呢？
魏景尚面对林悠悠的不辞而别，用了五年的时光来怀念她。

"你真的不爱我了，我也要听你亲口对我说。"
为了让悠悠放下心结，他选择放手，又静静守候了五年。
"我愿意等，用我的一生去等。"

"因为这十年来我每天都在想你，所以我可以自豪地说，我没有一天是在虚度时光。"
在秋叶原的街头，他们穿越汹涌的人潮，用最温柔最炙热的爱拥抱彼此。
这个世界什么都善变，可是眼前这个人，让她相信永远。

——《无与伦比的美好》 耘游 著

沈南风 & 向晚晚：十七年

"既然你不愿意，正好方便我解决掉这场荒唐的婚约。"
"——等等，沈南风，你哪只耳朵听到我说不愿意了？"
她啊，在沈南风身边等了十七年，好不容易等到老天开眼，怎么会不愿意呢？

知晓婚约前，她以为她和沈南风像是两条平行线，一路并行她就满足了。
然而，有了婚约，她变得越发贪婪，变得患得患失。
变得想要沈南风只属于她一个人。

"可是你还没有说过喜欢我？"
"今晚夜色很美。"
是谁说过，喜欢这种东西，即便捂住了嘴巴，也会从眼睛里跑出来。
还好，向晚晚能等到沈南风。

——《南风向晚》 森木岛屿 著

许言之 & 夏温暖：他去到她的城市

他们同窗三年，在一起却又不在一起。
"温暖？"
温暖转身，微微诧异了一下，随后才开口说话："欧阳老师。"
"怎么，今天没跟许言之一起？"
温暖愣了一下，才忍不住在心里回答：不止今天，过去的两年二十五天五时十七分二十八秒，我们也没有在一起。

别离两年，他去到她的城市，却不敢相见。
鲜花已经开过，零落在地的枯树叶被风带起，打着旋儿又在前方落下。
温暖，我好像，又离你更近了一点儿。

但……我想和你一直在一起。
我喜欢你，就像是帆船喜欢大海、地锦喜欢竹篱那样，喜欢你。

——《请别忘记我》 子非鱼 著

路迟遇 & 程渺：从青春年少，到白发苍苍。

她喜欢吃土豆，不喜欢葱花；她很爱喝汤，尤其是玉米排骨。
她想做紫霞，爱一个人，赴汤蹈火。
她也有情绪，只是更多时候，她勉强了自己。
他等在她身边，像一棵树，挡她风雨，做她倚靠。
她想飞，就让她去。
大不了让她去到哪里，都是在他的怀抱里。

她以前相信缘分二字，等待着命中注定的那个有缘人。
但其实，所谓缘分，都只是一个人故意为之，强撑着，把巧合变成了故事。

程渺，我爱你。慢慢来，我等得起。
我祈愿着，你余生安好和乐，最好有我。

——《渺然但迟遇》 猫可可 著

请添加关注"大鱼小花阅读"微信公众号：
xiaohuayuedu2016，新浪微博"大鱼小花阅读"，参与我们的话题讨论，有机会免费获得图书。

图书在版编目（CIP）数据

无与伦比的美好 / 耘游著. -- 贵阳：贵州人民出版社，2017.10（2020.1重印）
ISBN 978-7-221-14443-0

Ⅰ. ①无… Ⅱ. ①耘… Ⅲ. ①长篇小说-中国-当代 Ⅳ. ①I247.5

中国版本图书馆CIP数据核字(2017)第254626号

无与伦比的美好

耘游 / 著

出版统筹：陈继光
选题策划：大鱼文化
责任编辑：潘　媛
特约编辑：雪　人　采　薇
装帧设计：刘　艳　孙欣瑞
封面绘制：夏树酱
出版发行：贵州人民出版社（贵阳市观山湖区会展东路SOHO办公区A座505081）
印　　刷：三河市华东印刷有限公司
开　　本：880×1230毫米 1/32
字　　数：167千字
印　　张：9.25
版　　次：2017年12月第1版
印　　次：2017年12月第1次印刷
　　　　　2020年1月第2次印刷
书　　号：ISBN 978-7-221-14443-0
定　　价：39.80元

版权所有　盗版必究。举报电话：策划部0851-86828640
本书如有印装问题，请与印刷厂联系调换。联系电话：0731-82755298